U0606640

# 一啄一声响

## 达哥的诗和俳句说

汪 浩◎著

作家出版社

谨以此书献给王晓羽、汪君诺（Juneau Wang）和汪乐贤（Alexander Wang）

# 目　录
CONTENTS

前言·001


## 诗　歌

### 古体诗词

戚氏·楼满园·005

水调歌头·丽江游·007

满江红·石卡虎跳江远流·008

咏萤·009

人间何处不重阳·010

莺啼序·咏梅·012

八声甘州·秋临波士顿·014

苏幕遮·曼哈顿·015

西江月·游泳·016

点绛唇·大暑·017

西江月·昆仑远牧·018

七律·纪念抗日战争胜利七十周年·019

中秋感中美关系·020

谢千黛关心·021

和白白和丹凝中秋诗·022

中秋致何雪梅·023

一剪梅·迪斯尼LBV·024

夜半乐·海洋世界·025

沙穆·026

疼，疼，疼·027

水浒·028

回文诗两首·029

青玉案·新年忆外婆·030

江城子·肉身识真知·031

绝句·033

严冬梦春暖花开歌·034

一字诗三首·036

茶舒叶展柔兮·038

小诗数首谢湿瓷绘编辑·040

菩萨蛮·惊蛰·042

浣溪沙·印第安人·043

鹧鸪天·泪的迁徙·044

蝶恋花·塞米诺尔勇士·045

临江仙·山的颜色·046

忆江南·燕园好·047

望江南·狼长啸·048

木兰花·塞外风黑秋雁落·049

一壶酒两首·050

木兰花慢·忆儿时院小·051

## 现代诗歌

百字令·返璞归真爱·055

纵然·忆北大·056

咏莲·057

妻·059

对诗人的批判·060

冥界中秋·瑟菱·062

红罂粟与玫瑰·064

诗是心灵的窗户·066

给东东的诗·069

秋日·071

北大十四行诗四首·073

青春永驻·077

月亮·狼·摩天楼·080

竹的童话·082

独处重如山·085

逢人礼貌作个揖·087

郁金香·090

成人的梦·092

我们的巴黎·094

风火轮·095

未名轶事·097

查尔斯河·098

昨夜星辰·100

凌晨·101

雪·102

点燃·104

给某人的诗·105

卡塔丽娜的早晨·107

亲近·109

印第安人·111

推磨的枷锁·112

背叛·114

镜中的陌生人·116

鹰飞过的地方·118

云的舞蹈·119

太阳金字塔·120

神奇的寺庙·122

# 俳　句

## 俳句说

俳句的起源·129

俳句的定义·135

俳句的美学·138

大师的绝响·143

汉俳的写法·160

从俳句到诗词·170

## 汉俳

一声响·俳句六首·175

断虫·177

垂钓·俳句八首·178

七夕·180

寓言与爱·俳句六首·181

俳句或十六字令·高尔夫四首·183

会议·184

秋·185

中秋的俳句（一）·186

中秋的俳句（二）·187

冬与雪·俳句六首·188

春来了·俳句六首·189

夏·俳句六首·191

悦·俳句六首·192

森林·俳句六首·193

江河·俳句六首·194

沙漠·俳句六首·195

湖泊·俳句六首·196

海·俳句六首·197

花·俳句六首·198

趣味·俳句二首·199


附录一　一啄一声响·200

附录二　俳句术语·207

# 前言

现代社会里我们正在成为时间上的穷人。越来越多的人生活在远离田园的城市，在钢筋水泥的丛林中。很多现代的发明，旨在帮助人们节省时间，比如汽车、智能手机、电子邮件等等，反而增加了人们的焦虑和烦躁。另一方面，现代社会越来越复杂，人们花更多的时间来填税表、缴费、办公文，属于我们自己的时间越来越少，如果你把英文Busy（繁忙）敲入中文输入，它的第一选项就是"不诗意"。诗歌好像正在忙碌中死亡。大众文化里，电视、电影、音乐、电子游戏、网络等等，数不胜数，文化内容杂乱纷呈，令人应接不暇。大众诗歌，曾经是人类社会最主要的娱乐方式之一，而如今正在退缩到一个满是尘土的角落。

然而，大众诗歌没有死，尤其是对喜欢写俳句的人群而言。

［1］鱼儿怎么飞了　海叹了口气　空气湿了（十五字）

（2016.3.10）

这是我忙碌中随手写的一首俳句，十五个字，比很多短信都短，一口气就能写完，一口气也能读完。写作时，一种离别的忧伤飘然而至，飞鱼离海而去的图像印在了脑海里。这首诗里没有我自己，但有的是我感到的那种失落的感觉，图像与我和读者共鸣。

［2］仙女来到凡间　鱼儿很舒坦　自己上了案板（十七字）

（2016.4.16）

这是随手写的另一首俳句，十七个字，描写了欢快的情感，是首短小的情诗。

［3］我饮了茶　泉浸透了顽石（十字）

（2016.3.12）

这首俳句，十个字，描写了茶对人的滋润，有如溪水浸透顽石的感觉。但是都有"顽"的时刻，都需要滋润。

纯粹是因为一个偶然的机会，我才开始写俳句。对一个没有受过正规训练而且日常繁忙的人来说，俳句很短，注重图画感，平易近人，雅俗共赏，很亲切，于是我写诗的生涯始于俳句。

俳句是日本的发明，融合了中国古典诗歌和日本和歌的一些传统，集空灵、诙谐、娱乐和图像于一身。当我们读到那些脍炙人口的俳句时，就能感到，诗歌的优秀不在乎长短。这本诗集的后半部分，就总结了俳句的历史、日本俳句大师们的风格，之后提出一些用汉语写俳句的建议。

这本书的前半部分，收录了我2015年至2016年间写的三十九首古体诗词和三十七首现代诗歌。题材各异，林林总总，但是有几个特点，贯穿始终。其一，简单的俳句可以搭起复杂的诗歌，就像乐高玩具。如果我们能掌握俳句的精髓，养成敏感的观察，就能写出隽美的诗句。其二，古体诗词的瓶子，可以装现代的新酒。谁说我们不能用描写黄鹤楼、岳阳楼的风格来描写波士顿和纽约？谁说我们不能像描写琴棋书画的雅致那样来描写高尔夫、游泳？其三，诗歌有不朽的主题，爱情、励志、悲伤、孤独，在现代社会里又有别样的风格和内涵。

我写这些诗歌，是和 2015 年 5 月 1 日创立的湿瓷绘密切相关的。湿瓷绘最初叫"诗词会"，但是一个大众的名字得到了大众的提醒，说是我们和其他诗词会重名了，于是我们选用了"湿瓷绘"三个字。"湿瓷绘"是"诗词会"的谐音。湿，代表水。水是万物之母，没有水就没有生命。上善若水，厚德载物。上善若水，其用不穷。水善利万物而不争。即取此意。瓷，指瓷器，土的精华，是用特定的土，高温烧制而成，代表坚实地气，和人的创造精神。绘，既有画的意思，也有绣的意思。"湿瓷绘"三个字包含了文化的最重要的四个载体：诗、词、画、文。

在意念上，"湿瓷绘"三个字传承了中国文化的精髓——水德、坚实、创造、淬炼。诗中有画、画中有诗，文华似锦、锦上有文。湿瓷绘既像流动的瓷上黑白描或彩绘，又是未成形还可塑的瓷；既有和风的典雅古意，也有出尘的禅意。它的宗旨在于弘扬中国文化，在坚实载体上锻造流动的诗画和文华。

湿瓷绘在一年内，把一百五十位业余和专业诗人凝聚在一起，一起写了近五百首诗，出版了《博雅诗笺》，对散文集《博雅漫记》的出版做出了重要贡献，也对我的这一本诗集有了直接催化作用。我在这里由衷感谢湿瓷绘的同仁们，在此我不一一列举。我也感谢作家出版社的冯丽京老师，在短暂的交流中促成本书的出版。

最后，让我分享一下湿瓷绘对诗歌的看法，也就是我对诗歌的看法。

诗歌是心灵的窗户，写诗分享是要有勇气的。在每首诗的里面，是人和思想，诗人和读者都有自己的参照和品格。写诗和交流，不是为了传道和说服，而是向读者打开一扇窗户。写诗读诗，需要宽容的心态，宽容是永远的追求，也是人性的开拓。在诗的世界里，唯有空山不见人，方闻飞鸟戏涧声。

汪　浩

2016 年 4 月 30 日

追 求

古体诗词

泊船西洋直向，泛舟查尔斯，一脉清流

# 戚氏·楼满园

题记：适逢北大八六级同学入校三十周年纪念，写词纪念。平常词不足以描绘北大，于是选了柳永的戚氏，共二百一十二字，三阙，描写北大燕园的美、历史的坎坷，以及同学们少年意气、先天下而忧的精神。

燕园的美，一目了然，永驻心间。皇家园林的历史，百花齐放的氛围。

原为清朝政府改革的产物，北大被赋予国家兴亡的关键责任，继承国子监成为全国最高学府，统管全国教育，有开启民智的使命。校长蔡元培的思想自由兼容并蓄的办学方针，成了北大精神。然而没有哪个国家的主要大学经历过北大的坎坷。屡次被封，难得办学自由。最灾难性的两次打击：1937年日本侵华迫使北大转移到云南加入西南联大，但不屈不挠，九年培养了八千毕业生，成为中流砥柱。"文革"1969年北大停办，七千师生被发配到血吸虫泛滥的江西南昌鲤鱼洲劳动改造。然而两次浩劫没有熄灭北大精神。"文革"后北大再生。同学为国为民激情辩论，慎思，明察，已继续把北大精神和书生意气弘扬四海。

楼满园。湖光塔影岛堤连。

鹤鸣春畅，朗润泽传，秀中关。

浩然，凭古木，步移景换气宇轩。

昔日皇家林园，博雅旖春伴幽燕。

槐柳傍莲，松柏参天，风水渊积海淀。

更红墙飞雪，朱门映春，百花争艳。


一朝国运相联。本固元培，可纳海容川。

思无羁，砥砺挫折，久战波澜。

抗外辱，草鞋万里，八千子弟，卧薪西南。

苦逢内乱，聚散师生，尝胆鲤鱼洲边。


终于风光好，一时才俊，指点江山。

记得同学挚友，论天下，激情慎明辨。

别来健如山鹰，慧存百度，四海本无限。

暮回头、仍觉红楼暖。

忆燕园、旧景清淡。

少年情、伴我凭阑。

惜白发、不为名利乱。

再三十年，丹阳血染，汗浸青衫。


2015.8.3

# 水调歌头·丽江游

题记：癸巳年正月十三游丽江有感。

春水泽茵绿，古树护园欣。
玉龙环抱青砚，文笔锁乡邻。
幽谷流河白水，古道藏泉圣隐，最美泸沽心。
江南水乡好，不比丽江亲。

洗尘埃，见悲悯，和天音。
夜风还静，灯衬朱阁月观琴。
曲柔缠绵侃侃，词俊刀郎致远，歌咏胜西芹。
但愿金哥妹，相爱更如宾。

2013.2.22

# 满江红·石卡虎跳江远流

题记：癸巳年正月十五达哥经虎跳峡登石卡雪山咏志。

大江东去，湍流急，日以夜继。

穿险峰，扫荡平川，志在万里。

激浪滔天推顽砾，暖山润水云崖碧。

虎莫急，待我劈石门，通天地！

江源曲，雪来继；苍穹寂，云为幂。

籁音静，粉碎炎凉戾气。

古道茶馨香马蹄，杜鹃花盛寒山立。

看千古，气正枯朽摧，鬼神泣。

2013.2.24

# 咏萤

静修近三秋，
孕育细无声。
一朝灵犀点，
满林熠熠风。
烨烨琉璃影，
炯炯玲珑心。
都为爱人故，
燃尽自由身。

2015.7.25

# 人间何处不重阳

题记：重阳随感。山露即 Mountain Dew。

秋凉慢添裳，
枫叶红且黄。
东西风景异，
美中两重阳。

纽约无菊赏，
弯月笑花盲。
樱桃代茱萸，
山露当新酿。

青瓷托果瓤，
白米捧清汤。
不斟黄花酒，
茶淡亦飘香。

心静辅三秋，
还把寒冬降。

神怡定五洋，
时囧需远望。

世事多跌宕，
风物放眼量。
无处不登高，
气正藐沧桑。

2015.10.21

# 莺啼序·咏梅

题记：一直想咏梅，人说是精神的花。一直想填莺啼序，人说是最长的词。花堪有志，冬春之际，不畏寒冷，把世界转换。做人若斯，岂不善哉？

残寒暗袭层林，致枝凉叶毁。
慑冬威、南雁不归，
梨花不度江北。
怎生料、冰销河畔，
玲珑绽放一枝梅。
把春催，枝擎清香，泽润朝晖。

开放时刻，蕊寒萼瘦，
仍奋发成蔚。
弄疏影、生机顿现，
缕缕香凝冰蜕。
最风流、迎寒料峭，
笑天下、尽被冬累。
月凉时，落梅伴雪，为夜添魅。

节节劲骨，毅然而立，

致远而不媚。

看世界、万千花卉，艳丽牡丹，

妖娆水仙，择佳时荟。

唯有寒梅，艰难时刻，

苞藏无限凌云志，

顶挫折、不为寒而退。

英姿落落，优雅聚散随风，

笑谈泥香尘碎。

清淡素影，暗蕴天音，谏芸芸吾辈。

劝君莫被桃李累，不求繁华，

傲立乾坤，情通万类。

孤独不侵，市井不浸，

皓体峥嵘皆正气，

暗香浓、统领百花瑰。

美哉天赐精神，秀骨清风，把山河缀。

2015.10.1

# 八声甘州·秋临波士顿

题记：波士顿小巧而伟大。两百多年前掀起反殖民运动，从英帝国独立出来，建立了现代民主国家。很多对社会和人的思辨脍炙人口。美国人爱称波士顿为豆城。豆城不光有世界最好的学府——哈佛和麻省理工，也有美国最好的职业球队——红袜、凯尔特人、爱国者。市内新堡街红楼座座，游人多多，别有风味。豆城是杭州的姊妹城市。2010年波士顿当选世界上七十五座最创新城市中的第一名。笔者在波士顿受的教育，深感此地人杰地灵，永远向上，故填词纪念。

对秋风不乱楼如镜，神隐镜中楼。
碧湖随风皱，鹅鸭船过，金榆淡柳。
豆城砖红壁褐，秋冷菊不收。
由簇簇闲人，任意玩游。

泊船西洋直向，泛舟查尔斯，一脉清流。
凝神为天下，潜心竞自由。
从不因、风悲物喜；为石破、水潺潺不休。
街灯亮，月明如钩，不动闲愁。

2015.9.22

# 苏幕遮·曼哈顿

题记：说纽约是世界中心，一点也不为过。记得在准备迎接新加坡使团时，我研究发现纽约人共说八百种语言。纽约经理全球四成金融，又是联合国总部，为世界万象定下脉搏。故作此诗以和雪梅和光照。

楼为镜，人成河，蔻影叠错，脉动车连车。
万千广厦擎天立，更上层楼，峰比众山多。
环球事，尽腾挪，八百语和，五洲汇帝国。
一叶曼岛凭洋坐，流水行云，总把光阴迫。

2015.9.18

# 西江月·游泳

题记：每逢周末，我带我十二岁的儿子参加游泳比赛。

夜来风缓云慢，
月明蝉急蛩乱。
小店泊满车四院，
客问离家何干？

少女蝶翻细浪，
少男蛙越微澜。
青春立志游万遍，
傲视江湖等闲。

2015.6.6

# 点绛唇·大暑

题记：七月初回波士顿，新闻说去年的大雪堆刚化。但是气温已是九十华氏度。傍晚陪朋友打球，天黑时汗流浃背，萤火虫多多。剑桥河边几处竹林，也看似不堪炎热。今天在纽约中部，一大早开车浏览沿路乡村，见农家早已务农，漫漫田野有他们裹好的玉米秆，日已出，月未落。写词纪念。

残冬刚收，
日高风热昼已灼。
树重蝉急，
傍晚流萤过。

竹曳夏语，
深绿那堪火。
月将落，
青年赤膊，
遍野秆禾获。

2015.7.24

# 西江月·昆仑远牧

山峻野旷云乱，
石青草碧江寒。
铮铮铁骨藏儿男，
千百牦牛为伴。

红帐炊烟尤暖，
邻家牧群已远。
悠悠沧海伴经幡，
遥祝家人平安。

2015.6.6

# 七律·纪念抗日战争胜利七十周年

华夏数十年劫难，
全因日本犯吾边。
魔魅万千拜天皇，
假以人形虐宇寰。
缘何晚生一百年，
不得机会护祖先。
天若有情天扼腕，
人间此恨再不全。

2015.8.15

# 中秋感中美关系

宇寰东西两半球，
圆明自古照两头。
嫦娥无意点将透，
地月平行伴我游。
一边秋祭自赠饼，
一边空指骂小偷。
几时携手共五洲，
广寒宫下同耕牛。

2015.9.26

# 谢千黛关心

经年已不惑，
白发更见多。
喜逢千黛君，
再尝知己乐。
君审花瓣落，
君阅书纸破。
君着衣美萝，
君品诗字魔。
性情有开阖，
随酒便能歌。
祝君永安怡，
同把轩辕贺。

2015.9.18

# 和白白和丹凝中秋诗

思湿瓷绘友，
想玉兔风流。
自蟾宫设宴，
由婵娟献酒。
兼备诗词秀，
容易庆中秋。
并肩同砥砺，
蓄志万里游。

2015.9.24

# 中秋致何雪梅

题记：雨木写了很多描写雨的诗。我想叫她雨仙。今天中秋有十八年不遇的红色月全食，我们在纽约的想观赏，但是担心下雨。

雨仙十五游地球，
忽闻纽约为雨愁，
带好蓑衣还打伞，
饶了满城不夜楼。

2015.9.26

# 一剪梅·迪斯尼 LBV

碧水蓝天青草柔。

白沙斟酌，果岭绸缪。

云遮孤岛水环流，

不见鳄鱼，蜥蜴自由。


蹊径幽篁车慢游。

气定神怡，杆舞飞球。

乘风已过数山丘，

刚把水戏，又将云逗。

2015.10.07

# 夜半乐·海洋世界

题记：畅游奥兰多海洋世界，观看折戟鲸表演，在水底餐厅用餐，观人兽交流，叹制作者的想象能力，感宇宙之大，生命能力无限。

一池海水蓝透，光离陆影，折戟鲸游幻。
驯兽师心连，日夕相伴。
柔鳍比翼，通灵达意，与五洲客交流，尽明星范。
抡劲尾、水泼客心颤。

互联世界神奇，同步群鲸，鹤与人看。
寒冰蜕、白鲸与人相伴。
诱儿童戏，梭鱼慢慢，畅游海底霜天，红鼓石斑。
敬宾客、鲨群形不乱。

炯炯鱼眼：畅想池外，人也欣欢？
试问彼非鱼怎识范？
在人间、不懂宇宙空悲叹。
有道是、抬头藐云汉，眼前生命不曾看。

2015.10.10

## 沙穆

海水满池清，
三双逆戟鲸。
鳍翻禾尾跳，
巨浪添来宾。

2015.10.09

# 疼，疼，疼

题记：献给与癌症奋斗的诗友。

疼，疼，疼，
战哀神。
莫将诗友当病人。
谈笑吟诗两三首，
反叫鬼神肚子疼。

疼，疼，疼，
书泪横，
纸瘦字哭无章程。
拳打脚踢战哀神，
救得静子再成文。

2015.11.4

# 水浒

柔波映双肩，
秀发染云纤。
风过花觅香，
蜂起果思甜。
潺潺垂柳边，
青舍浸白烟。
鸣鸟扣人弦，
春梦已忘言。
至情远溪涧，
不闻闹市喧。
笑谈海枯难，
携手观石眠。

2016.1.29

# 回文诗两首

题记：记北大八六级同学纽约相会欢。

## 之一

湿瓷绘友情意浓，
友情意浓酒颊红。
浓酒颊红颜如玉，
红颜如玉灵犀通。

## 之二

一夜欢笑谈天下，
笑谈天下酒作茶。
下酒作茶意阑珊，
茶意阑珊透双颊。

2016.2.5

# 青玉案·新年忆外婆

儿时院小常落燕，
啼满檐、晨星淡。
外婆把珠帘慢卷。
吾曾微怨，强睁睡眼，
强捧书来念。

时空已迁风景换，
日久不忘高慈暖。
最喜子勤不疲倦。
似曾相识，重逢隔世，
言训依然现。

2016.2.8

# 江城子·肉身识真知

题记：贺人类首次测得引力波。人很渺小，但是渺小的人居然预言并验证了在人不可能亲身体验的十三亿年前遥远的黑洞碰撞后发生的事。真可谓"The soul exceeds its circumstances"。我一直以为唯物论和唯心论各失偏颇。今天的物理学突破对唯心唯物需统一有很大启发。

十三亿年太绵长。

黑洞强，绕成双。

一日结合，空时尽曲张。

激起寰宇层层浪，波荡漾，动如洋。

小小地球在远方。

百余年，智慧藏。

镜明光纯，听见旧波响。

区区肉身双甲子，识宇宙，认洪荒。

2016.2.11

后记：简单的解释：十三亿光年之外有两颗黑洞绕着对方旋转，一颗是太阳质量的二十九倍，另一颗三十六倍。它们相撞后合为一体，成为一颗是太阳质量六十二倍的黑洞，同时释放了相当于三个太阳质量的能量，以引力波的形式发出，穿越整个宇宙。这个波动被地球上的物理学家们测到了，证明了一百年前爱因斯坦广义相对论是正确的，也就是引力使时空弯曲，引力的变化能产生引力波，引力波以光速移动，基本上不被途中的物质减弱。下阕是说人虽然在宇宙里极其渺小，却能够发展出文明和理论，理解和探测整个宇宙。我想起我以前写过一首五绝："物生不缘情，偶然乃发生。天地一鸿鲤，遥知万里云。"

# 绝句

生灵无就里，
偶然乃成形。
天地一鸿鸥，
遥知万里云。

# 严冬梦春暖花开歌

题记：纽约春天来得晚。2月中大雪飞扬，令人想起2015年纽约西部一夜之间下了六七尺厚的雪。席间漫思春天，想起十六种花卉，时间碰巧是2016年2月16日。伊利是横贯纽约的运河，瀑布是尼亚加拉大瀑布。

狂风怒号朔流寒，
一日飞雪六尺三。
铁石伊利无船渡，
无边瀑布磐如岩。
席间萧瑟双眉懒，
恍惚泛舟天地间。
桅子扬帆张张鼓，
千军大戟迎风斩。
剪却枯枝樱花开，
满树梨花大如碗。
豌豆为枕兰为扇，
美酒覆盏马蹄莲。
尼罗百合碧如天，
紫阳报春当空悬。
水仙如云天鸟来，

舒风信子夹道欢。

酒浓郁金香不断，

丁香裹起绣球丸。

倾盆色拉似迎春，

一尝便觉寒风减。

车矮尽埋路不见，

窗外枯树已变短。

若无今夜北风残，

怎爱来日春风暖。

2016.2.16

# 一字诗三首

## 少年有志

一推一敲一扇门，
一面一壁一十年。
一世英名一生寻，
一鸣一惊一瞬间。

## 美国大选 2016

一男一女一头驴，
一政一商一西裔。
一番争抢一整年，
一输一赢一场戏。

## 卡塔丽娜

一船一坞一港湾，
一天一洋一日出。
一头野牛一面山，
一岛一叶一沧海。

2016.2.25

# 茶舒叶展柔兮

"世溷浊而嫉贤兮，好蔽美而称恶"

——《离骚》

茶乃天之灵兮，香茗不拘其形。

茶舒叶展柔兮，美贤而去溷浊。

诗情茶助爽兮，白纸平摊如云。

云吸墨成歌兮，诗烟漫卷茶意。

杯中藏林园兮，碟似一朵葵花。

瑶草扇芳香兮，神似花间蜂蜜。

壶中阔如洋兮，色乃翩翩海葵。

新芽诱龙王兮，双锯游离绿云。

闲鼎撑九天兮，清笼薄云辽阔。

飞机传野意兮，雨焙月之静夜。

茶浓情更真兮，碗乃飘逸仙椅。

恋人如绿尘兮，卿卿吻吻纷醉。

茶舒叶展柔兮，永不折叠停滞。

田野葱翠浓兮，高楼为之杯缘。

操场气暖烈兮，林木镶之边际。

游戏儿童清兮，公园为之环抵。

苍鹰尽翔翔兮，翠谷为之茶皿。

貂鱼飘更远兮，五湖浸其麦芽。

茶乃天之灵兮，香茗不拘其形。

茶舒叶展柔兮，美贤而去溷浊。

2016.2.27

# 小诗数首谢湿瓷绘编辑

题记：敬谢叶子、舒文、田淡在《湿瓷绘 诗刊》一至六期的辛劳和贡献。世界因为你们更加美好。

我有一杯茶，
芳气满闲庭。
敬迎风尘客，
清茗伴豪情。

我有一杯茶，
芳气满闲庭。
舒云伴绿水，
文火暖君心。

我有一壶茶，
芳气满闲庭。
叶摇柔波下，
玲玲玉杯馨。

我有一杯茶，

冬天,满园风霜。
田园春水暖,
浇灌一池花花。

2016.2.26

# 菩萨蛮·惊蛰

冬草萧瑟春根急，
枯枝已惧新芽密。
湖暗裂冰危，
林深惊鹿狘。
云积雨沥沥，
时静崩雷聚。
待到聩发时，
一震生万机。

2016.3.8

# 浣溪沙·印第安人

草沃无垠野鹿闲，
延绵广漠兔鼠屠，
本来寥廓忌人烟。

人祸频临子弟散，
一朝丧尽旧田园，
他乡异域觅屋檐。

2016.3.8

# 鹧鸪天·泪的迁徙

有道沧桑不会老，
吾人与世不相关。
佛州水秀平湖丽，
日落茅庐门半掩。

枪乍响，妇儿残，
白人强迫占我田，
绳拉马拽千里去，
不见和平造物仙。

2016.3.8

# 蝶恋花·塞米诺尔勇士

披箭依马迎风立。
形黯神伤，不见亲兄弟。
兄在平原残照里，弟远泛舟沼泽地。

强虏从来无正义，
为护妻儿，迫退三千里。
野牛有情牛亦怒，来生敢叫豺狼泣。

2016.3.8

# 临江仙·山的颜色

枫树有情天穿近，青湖白鹭知心。
月过松摇怜鸟经。
清流乍过，林与鹿同鸣。

无奈狂风缺人性，横吹强祸沃土。
不识物灵木之骨。
乱尘可知，山有颜色乎？

2016.3.8

# 忆江南·燕园好

燕园好，学子莫绸缪。
风入塔影白云瘦，燕织柳絮绿水柔。
此间最自由。

2016.3.8

# 望江南·狼长啸

狼长啸，斜日影单直。
足踏寒林风亦泣，口饮冰湖吓飞鹜。
驼鹿为其食。

行路苦，圆月叹之痴。
冷对世间多坎坷，洁身傲骨夜里驰。
不必有人知。

2016.3.10

# 木兰花·塞外风黑秋雁落

塞外夜黑秋雁落，宫内酒酣春意乱。
边将苦，为何人，命损剑折魂魄散。
壮士自古空勒腕，国难当头泼血汗。
拼得域内一时安，却见帝王贪酒宴。

2016.3.10

# 一壶酒两首

## 之一

我有一壶酒，足以慰风尘。
杯尽桃花红，炉暖面玲珑。
放歌当击鼓，拔剑虎龙生。
眉间豪侠意，不输五岳松。

## 之二

君捧一瓢酒，与我慰风尘。
豪饮二三斗，衣宽四五分。
相别六七载，八九千里云。
天穹百十仞，友情万丈深。

2016.3.4

# 木兰花慢·忆儿时院小

忆儿时院小，旧家瓦，庇平安。

不以物忧心，

爱慈在上，寒舍皆欢。

门闩不邀市井，

拒喧嚣闹世扰清天。

字里行间念远，与君劳顿心专。

人间瓦砾犹存，君去了，万千山。

更细雨淋淋，

碗边玉箸，仿佛从前。

经年燕来故里，

怎识得老幼远重天。

托付云间细柳，劝她暂缓衣宽。

2016.3.19

现代诗歌

瓣瓣热血染红山谷

# 百字令·返璞归真爱

我

懂了

名与利

并无温暖

高处只是寒

请在日落之前

带我见蕙谷幽兰

让我把此生的积淀

化为兰唇金黄色的斑

像秋天的收获回归自然

和兰静夜里端详星汉

感叹宇宙浩渺无边

星星是光的岛链

引导执着的船

终于到彼岸

回头再看

繁星闪

爱满

天

2015.8.13

# 纵然·忆北大

纵然是脚踏铿锵的火车轮，
我还是个徒步的朝圣者，
一步步迈向燕园那神圣的殿堂；
纵然是肩扛盈满的旧书包，
我还是个饥渴的求学者，
一遍遍倾听图书馆无声的音乐；
纵然是身处喧哗的闹市里，
我还是个静思的读书人，
一波波骇浪化作未名湖的涟漪；
纵然是面对纷繁的新世界，
我还是要拥抱那博雅塔，
一点点风尘与艰辛就慢慢消失；
纵然已吻别那美好的筵席，
我还是要逗留在三角地，
一阵阵波涛和侠情会渐渐涌起；
纵然时空已穿越江湖万里，
我还是万千同学敬红楼，
一颗颗赤子心总会与北大共鸣。

2015.5.22

# 咏莲

我原是一颗莲子，静藏湖底。
羡慕那翱翔的鱼，随心所欲。
向往水中的光明，来时晶莹，去时安逸。

没有鱼的翅膀，光明邀我升起。
破壳而出，告别了温柔的泥。
节节莲藕，不折不曲，离开平地。

向上求索，遍尝波浪的惊喜。
驯服了空气，学会了构筑天梯。
与水草擦肩而过，迈向那明光迤逦。

一日破水而出，一切充满新意。
鱼儿为我歌唱，生活里多了点点蜻蜓。
知道了那青蛙，蹿越湖水，到了哪里。

认识了风，它淡淡的音乐，轻轻的涟漪。
认识了雨，原来是天上的云，回归湖里。
认识了鸟，原来是挣脱了水的鱼。
晶莹是太阳，安逸是月亮，世界如此神奇！

撑起绿色的帆，抛锚水面，与光融为一体。

献上灿烂的心，为自然开放，与百花共礼。

傍晚我满足地合上，含苞走进人间梦里。

星光旖旎，蝉声四起。

亲爱的月亮你知道吗？

我原是一颗莲子，静藏湖底。

2015.8.8

# 妻

恋爱的时候不会写
她的温柔笑上我的心头
一句也没写下

初婚的时候不会写
她的甜蜜融化我的舌头
一句也没写下

怀孕的时候不会写
她的欣喜留在我们床头
一句也没写下

育儿的时候不会写
她的欢乐汗在她的额头
一句也没写下

后来我终于会写了
她的白发泪在我眼里头
一句也写不下

2015.9.18

# 对诗人的批判

传说中希特勒也能写文章
但我从不愿他的书玷污人的目光
我知道罪犯也能欣赏月亮
但不希望月的朦胧扯到他们身上
我本来要送给孩子你的书
听到你的事我停下了脚步

你找到了诗的云
却出不了诗的雾
在雾里你把鱼骗到岸上
你却吸尽了岸上的氧
黑暗给了你黑眼睛
为的是让你寻找光明
你自私的眼睛却囚禁了那亮光
成了藏在黑暗中的狼

在你眼里
一个太阳的罪恶
烧坏了所有人的梦想
你却不知
你自己作的一个孽

玷污了你有幸接触的一万句思想

你憎恨太阳灼热

却狠心烧了自己的花朵

既然你要将花害死

当初又为何把她独得

既然你心里藏着斧头

当初又为何亵渎人家门口的木头


你学会了半句汉语

却不懂那是人的语言

你从不晓得蛋糕的意义

却给人空画蛋糕上的冰甜

你烧死了自己的妻子

却自称是透明的火焰

你好像会写诗

但从不知诗为何有尊严


你不容忍孩子分享妻子的爱

就夺去孩子应得的母爱

你从来不懂给予

又夺去了孩子应得的父爱

没有你的世界

从不缺美丽飘散的诗篇

我不再希望

你枉谈天空的蓝


2015.9.20

# 冥界中秋·瑟菱

中秋满月的夜晚
是你最美的时机
狼人被圆月唤醒
却被你迎头痛击
我美丽的瑟菱啊
超越了所有夜曦
你就像骑着闪电
把力量洒满天地

我美艳的瑟菱啊
你神奇的皮衣裳
裹着冷峻的乳峰
和你胴体的修长
你那飒爽的黑发
刺裂了空空荡荡
你那湛蓝的明眸
净化了人的欲望

你足踏摩天大厦
傲立在尘世之上

锁住你纤纤玉指
是那冰冷的钢枪
晶莹剔透的尖齿
折射着犀利月光
美丽撩人的长腿
速冻了七尺儿郎

我美丽的瑟菱啊
中秋你秀体芳临
蟾宫为了你洁白
婵娟为了你清明
在人间最冷时分
大地也寒彻如冰
你用爱切开一切
温暖了我们的心

在最黑暗的时刻
空气也黯然无颐
是你赋予了满月
殷实丰满的含义
你那俏美的鼻尖
割过月光的锐利
你丰满强大的唇
带来了我的欢喜

2015.9.16

# 红罂粟与玫瑰

题记：在伦敦了解到一战以后英国和欧美国家开始用红罂粟来代表对牺牲将士的悼念。有感而作。


从来我都在崇拜你
总是那么层叠富裕
总是温和凝柔含蓄
总是红得那么艳遇


玫瑰啊你天生质丽
我心疼得五体投地
你赢得姑娘的芳心
我祝你们爱心永继


我也红却红得简单
我粗心从不知隐含
我开放却容易折断
我没刺来呵护花瓣


但若豺狼接近天际
我和战友满山遍地

只有一个共同心意
死也保护姑娘和你

我们粗放不知痛苦
我们勇敢昂首阔步
一旦我们失去自己
瓣瓣热血染红山谷

我们都会化作幸福
请姑娘携你来漫步
再请你留意这泥土
香里含有我红罂粟

2015.9.12

# 诗是心灵的窗户

诗是心灵的窗户
写诗先得要勇敢
弱者不表达宣泄
给人看更要勇敢
心灵敏感会受伤
伤害本可能无意
但是必然的伤害
总是与人性有关

每个人都有面具
戴久了很难撕下
面具本来有道理
为什么非要撕下
人距离要到好处
太远不能来谈诗
太近使你我伤心
面具为我们护心

嚼到头诗不是诗
诗原是诗人本人

诗本不是字和词
是煮掉字后的意
意要勾起人呼应
意要从人传到人
所以才要字和词
美的字词传得远

诗人和看戏一样
总得要找个角度
看戏和吃饭一样
是吃到自己肚里
雅俗是一种选择
空寂是一种觉悟
香艳是一种交流
原谅是一种境界

诗人应该有多种
有写爱的有写悟
有的虽然不用字
行为举止却像诗
六祖慧能是个例
父母儿女也是例
分享不是为说服
是互相打开窗户

宽容是一种追求

是一辈子的追求
是一辈子的开拓
因为每一次宽容
是对自己的挑战
是对自己的克制
唯有空山不见人
方闻飞鸟戏涧声

2015.9.27

# 给东东的诗

你的声音
翠波涟漪
读你的诗想让你坚强
听你读诗又觉得我多虑

我马上
要登机
听不到我再赞
是因为我在天上着急

我在飞
我的坐骑
穿着蓝天白云的裙
在飘逸

背朝着
北方的秋寂
面向南方
去看佛州的鳄鱼

想写诗
颗颗粒粒
随着长裙
飘落天地

化作风
飞到中国
敲开你的门
对你作揖

化成雨
稀释女孩子的泪
让她喘口气
欣赏飞来的空气

化成木
淡泊在未名湖畔
催眠在
你的声音里

2015.10.2

# 秋 日

院里的落叶迷了路
遇到了陌生的草
相互怜悯
草在问是谁带来温暖
阳光还是落叶

匆匆过路的鹿的一家
前脚后脚
比往常少了章法
火鸡的步伐
却多了些铿锵

失去了候鸟的啾唱
潺潺小溪已哽咽数日
冷落的树叶
蜷缩在水面上
秋天的短促堪比夕阳

绿叶已是遥远的故乡
火红的枫树漫山遍野

来不及舔干

接踵而来的伤

消逝的是枫叶的离殇


冷寂的烦恼

掩盖了毛茸茸的池塘

方盒甲鱼被逼到路上

偶尔把松子挤到一旁

蜘蛛小心翼翼地踮起脚掌


路过的车茫然转动

不小心打开的雨刷

又被关上

远处传来几声喇叭

秋风中格外凄凉


2015.10.15

# 北大十四行诗四首

## 融合

签署通知书的笔

邀我们穿越了苏醒的土地

精神是我们的入场券

你带来了四川，我带来了山西

理想把世俗关在门外

石舫是敞开的熔炉

湖是清淡的集体

自由的风融化了所有的方言

搅拌着前来的五湖四海

心灵的集市无需秩序

安静的钟任你我把脉

各种江河流过了池塘

一起荡漾着

学五对面的合唱

## 静思

安静给凌晨沏了茶

坐回到柳树下

把旋转的自行车停住

慢慢松开了闸

图书馆的书忘了回家

三教的铃声跑在操场上

只有剑柄的塞万提斯

唠叨着斯诺的轶事

红楼里还跳着清明的脉搏

敞开的南门没有风进来

黑板抛下了教授的公式

为那双明亮的眼

画了一条鼓起帆的船

把思绪载得很远很远

## 爱情

渐渐飘落的花瓣
拼出了清晰的答案
那动人的音乐
原来是她的脚步
博雅的安详
洗净了我的不安
原来书可以很快读完
能留下一丁点儿内涵
原来我也可以泡图书馆
桌子结实得气宇轩然
所有的日子
都不再孤单
两双鞋子
一起丈量着彼此的燕园

## 远洋

终于到了那一天
远洋的邮票带回了
一包包沉沉甸甸
剩下的机票
租赁了酒馆的碗
你穿戴得像志摩
我计划去剑桥
那个夏天的热风
伴着再回首的姜玉恒
红楼里还跳着清明的脉搏
我深吸一口青松
想带走燕园的指南针
远去的是透明的海
颠簸着博雅新织的帆

2015.11.18

# 青春永驻

著：[美] Samuel Ullman

译：达哥

题记：近日对人的年轻和衰老有感。德裔美国人 Samuel Ullman 在大约 1922 年写了一首关于年轻的诗，脍炙人口，成为很多人的座右铭。找了找中文的翻译，觉得有的翻得华丽但是不准。故献上这首白话直译。

青春不在乎年龄
青春最在于精神
在于强大的意志
在于卓越的想象
在于健康的情绪
是勇气战胜胆怯
是探索战胜安逸

衰老不因为年龄
是因为放弃理想
年龄给皮肤皱纹
人若是失去热情
灵魂就多了皱纹

担心猜疑不自信
还有害怕和绝望
徒增了人的年龄
把高傲的头屈服
把精神化为灰烬

不管是十六还是七十
每个生命的心里
都热爱种种惊奇
看得见星星甜蜜
和像星星一样的
东西和思想的奇
也能够直面挑战
表现出不挠不屈
有孩子般不懈的
对未来和欢乐和
生命竞技的渴望

信仰会使人年轻
猜忌会使人衰老
自信会使人年轻
恐惧会使人衰老
希望会使人年轻
绝望会使人衰老
到头来当人内心
被悲观的雪原和

愤世嫉俗的寒冰

侵蚀完也就老了


所以只要人的心

还接受美丽喝彩

还欣赏勇敢壮丽

还感到大地和人

以及无限的力量

人就会青春永驻


后记：在几位诗友的帮助下，终于明白了为什么我觉得大家翻译得不对。是因为他们翻译了作者的原稿，而我以前读的是被日本诗人改动的英文诗。其实我觉得改动版更好。我会再把原稿意译后与大家分享。

启发之一是：如果我们要写诗，千万不要提流行的技术，不要提苹果手机什么的。Samuel 诗里提了当时流行的无线电波，近一百年后却觉得是很老气的技术了。

2015.10.4

# 月亮·狼·摩天楼

题记：现代社会已经永远取代了那个旧世界。

一个清澈的秋夜
归来的是远游的狼
它熟悉有森林的故乡
蜿蜒的小溪
动荡的池塘
还有空寂的山里
那无所不及的月光
月亮变化如常
如同这血性的狼
一个先从弯钩到满堂
一个再从炙热到凄凉

但在这个清澈的秋夜
世界却不同于以往
月光勾勒出的远方
多了新来者的亮光
它比所有的树都高
风却不能把它扭曲动荡

它发着自己的光

根本不再需要月亮

狼可以哭泣悲伤

月亮可以为之心殇

新来者却不以为量


从此以往

月亮变化如常

从弯钩到满堂

但这刚直的新来者

将永远是铁石心肠

就像从来不识月亮和狼

从此以往

月亮还会变化如常

从弯钩到满堂

狼继续在森林里流浪

摩天楼却将拥有整个晚上


2015.10.11

# 竹的童话

题记：竹子和小麦、稻米一样，是草本植物。感其冲天精神，高大有为。


教授的竹鞭
似曾相识
黑板上的公式
弯了又弯
我们本是草
为什么
要把我们当树来浇


思绪
弥漫到窗外
引着灵动的竹鞭
进入了土壤的温柔
偶尔打招呼的
是满身盔甲的蚂蚁
湿热的气息像酒糟


自由的鞭

不再敲敲打打

是穿地的龙

和兄弟们挺直

节节向前

豁然明朗

我们本来比公式还长


梦

不需要睡眠

长成了根和芽

爱的胖根

哺乳大地

青春的芽

变成挑战天空的竹笋


竹的犀利和莹绿

穿透泥土的激情

直戳透明的海

挺射的热没有凌乱

高探新的宇航

飞越了

祖辈的筷子和简


亲吻了云

美丽的晕眩

和恍然大悟

草本来有对树的超越

锋利叶子归鞘的剑

漫山遍野的劲骨摇曳

直到最后温柔的竹米和花穗

2015.10.17

# 独处重如山

题记：不只是萤火虫有生命最后的灿烂；不只是秋天的山可以火红。难以想象，小小的毅力，穿洋过海，把江河红透。

又一条三文去世了
她的鳞飞到天上
把云剁成相连的碎片
成为纪念她曲折往事的墓尖
几只飞机割过天空
划出安静的悼词
当她离开地球的气囊
山深感其重
她最后的灿烂把森林的颜色
变成了她的河床
红色的兄妹们在那里翻腾
她最后的旅程
长游三千里
高攀两千米
令人忘记呼吸
那些打劫的灰熊
也一定感觉到了

她的独处比山还重
因为这个娇小的生命
有颗穿越了大洋的心

2015.10.25

# 逢人礼貌作个揖

人的偏见很明显
你想藏都藏不住
但为什么要藏呢
无害的偏见挺美
同样的一缸鱼啊
有人赞草石和水
有人赏鱼鳞光泽
有人唱鱼的欢喜

所以写诗得看人
也看写给什么人
诗的世界像竖琴
人的经历像琴弦
同样弹出的诗歌
人的感应差万千
好的诗是一面镜
读者看到自己心

人心总是在变化
诗人明白多体现

不让点评多挠心
户外雪冻寒三尺
切忌给人再加冰
赤日炎炎似火烧
谢你给人一块冰
它已暖了她的心

有些元素很和平
写爱的诗人人爱
爱的感应因人异
爱可以穿越时空
抨击中美论时弊
保你十读九条心
有人觉得米饭香
有人嚼得像糟糠

湿瓷绘友不一般
不是寻常赋诗人
有幸互相通思想
千万不要把心伤
好诗都靠多创造
创造一定得发光
疑问月亮不常圆
不知太阳热心肠

思想多半没输赢

不必动气争短长
北大同窗明就里
最喜朋友肯谈心
评者切记选词语
作者心宽纳良音
不管芳身坐哪边
逢人礼貌作个揖

2015.10.2

# 郁金香

秋风中
院里的吊床在哀伤
支撑它的两棵树
一棵的叶子早已掉光
没有了欢快的树声
再也听不到它体内
水的涓涓向上
也感到另一棵树
悲痛在慢慢地酿
尽管满树的叶子还在飘荡

月圆时
活着的那棵在轻轻哭泣
它记起十八年前的今晚
它俩的手在这里联起
在一样的圆月下面
第一次把吊床撑开
像一个单弦的乐器
一起经历了雪和雨
还有风的琴声和哈欠

红月蚀

俯瞰着树和床

感到了死树的寂静和忧伤

就把它点燃融化到地上

逝去的树化成沸腾的熔岩

在月光中起舞

怀念起一生中的

欢乐和幸福


月还原

燃过的树流淌激荡

化成了满园的郁金香

橘红和褐色的明亮

祝愿着它幸存的伴侣

永远年轻漂亮

2015.9.29

# 成人的梦

剃刀
把每天的苍老刮去
诗
调节人的情绪
酒
麻木人的忧虑
梦
帮我们洗净
思想的油腻

我常常泛舟
在曲折的梦河里
伴着浪的音韵
思绪
像是空中的鹰
飞来飞去
偶尔丢下些羽毛
荡来荡去
变成了旖旎的肥皂泡
升华了心里的泪

洗去了脑里的泥

梦里

有儿童的欢笑

和他们永恒的魔力

笑声里

水手会直面下一个航程

军人面对战场不再犹豫

园丁直起腰板笑迎花絮

我也会昂起脸颊

鼓起勇气

梦醒时分

将是又一个黎明

2015.10.12

# 我们的巴黎

男人、女人和孩子们

被最卑鄙的恐怖袭击了

胆小鬼们抓着手雷和枪

满脑子的仇恨和罪恶

向无辜者开了火

他们想吓倒巴黎

却把

欧洲变成了所有人的欧洲

巴黎变成了所有人的巴黎

比埃菲尔和卢浮还有效

血流了生命逝去我们满是眼泪

让我们刮起爱的飓风

吞噬邪恶的恐怖

让我们洒下烛光的雨

医好共同的巴黎

2015.11.14

# 风火轮

上帝给了他们闲暇

给了我风火轮

他们在风花雪月

我在风雨兼程

他们要和风细雨

我总直面倾盆

风火轮跌宕起伏

从不顾路边的慵懒

目光是高铁的窗

记忆一帧迫一帧

轮在不停地转

忙碌的画面

拍不全鸟飞过天空的优雅

看不清蛙的跳跃

听不到牵牛花的呼唤

直到有一天

我定格了一幅美丽

千万帧过场都成了背景

迎来了神奇的安宁

谁说轮上不可能有俳句

我看到一只蟋蟀的飞跃

变成了节日漫天的星星

一条小溪的欢歌

变成了拍击绿岛的浪花

一碗淡淡的茶

冲散了野外的乌云

一对热恋的爱人

丰收了孩子们的背影

2015.11.22

# 未名轶事

题记：这是个真实故事。可惜那时没手机，幸亏那时没手机。

一直感激石舫像情人的床
和湖的名字一样充满遐想
夜晚石凳喘息的风的影子
湿热的荷塘不要行人张望
西门华表在等远去的风筝
自行车轮是滚滚的铁丝网
塔的皱纹嬉笑着柳树的须
柳须却讲起三十年前的事
那一天湖也笑得嘴合不上
橡皮船的主人先掉到水里
再把骄傲的女友漂到湖上
湿漉漉的鱼装着东张西望
让湿漉漉的裤子只感到凉
像是独吞了塞万提斯的剑
山上那古钟憋着一声不响

2015.11.14

# 查尔斯河

让我到查尔斯河吧
当奥尔巴尼的天空沉重起来
当诺门河边最后的推杆走歪
当腐朽的冬天把雪挡在天外
当风想躲开跳舞的妖魔鬼怪

让我到查尔斯河吧
九十号上两串并肩的灯链
白的在左边红的在右边
这是地球晚间的项链
是千万行人的救生圈

让我到查尔斯河吧
流动的青春和朝圣者的灵魂
生动静脉少的是鸟多的是帆
这里我可以再一次沿河散步
她会洗去每个人心里的牲畜

让我到查尔斯河吧
让她再次把我洗净

让她的精神拍击我心灵的海岸
让我的心潮能够持久永远
让她喂我汁液来挑战鬼祟的荒原
让我把生命带回给奥尔巴尼的粉饰人间
没有人能永远阻拦
雪终究会占有冬天
冬天会还原树的脸
让世界把真理明辨

2015.11.20

# 昨夜星辰

初冬的秋天是个短暂的春季
冰冷直落的雨有了雪的黏稠
渐渐勾起麻木的草对夏日喷洒的梦想
漆黑的夜和光明的月交替把人心纠结
欲言又止欲笑凝眉欲停还促的人们
原本聚焦的思绪突然破散在雨里
丢落的碎片无奈地承受着寒雨的打击
思想的火花欲止还燃竭力远离汽油瓶
俊俏的画在变形的框里努力站直
满地的坚果在沥青路面上填补空隙
怎奈不合作的风不时把落叶掀起
落叶在转星星在转思绪在转
冬天的冰雪夏天的雷雨都不算
眼前是这青黄不接的冷寂和不安

2015.10.30

# 凌晨

著:[智利]巴勃罗·聂鲁达

译:达哥


你的胴体像你的手一样简洁;

光滑平凡,娇小透明,圆润。

你有月光的曲线,苹果的内形,

你的胴体像赤裸的麦粒般纤长。

你的胴体像古巴之夜的蓝;

你的头发盛满紫藤和星星。

你的胴体宽广而金黄,

像金色教堂里的夏天。

你的胴体和你一粒指甲一样细小,

弯曲,精妙,红润,伴着白昼启辰,

然后回到隐蔽的世界。

像走进衣服和家务的长长隧道,

你的光亮消退了,穿上衣服,像落了叶,

又变回了一只裸露的手。

2015.11.15

# 雪

题记：忙杂事，少诗意。诗友发来北京和大同的初雪照。戏题小诗一首助兴。

白雪飘飘
牡鹿窈窈
"天上的鹿公公
惦记着我们
他把熊轰去冬眠
还给我们铺了绵绵
的地毯"

白雪飘飘
秫禾摇摇
"天上的玉米公公
惦记着我们
知道我们被割的茬儿新
他为我们送来了
云南白药
止疼"

白雪飘飘

秃鹰啾啾

"天上的雄鹰公公

在惦记着我们

知道太阳远去了天黑得快

他为我们把地面罩白

让我们

看清"


白雪飘飘

小儿笑笑

"天上的神

在惦记着我们

爸爸忙工作没空写

但是神为我们送来了

空气的

诗"


白雪飘飘

年复年年

俯视芸芸众生

花心里泛着会心的微笑

透过被这些生命赋予的意义

晶莹的六角

满是骄傲

2015.11.8

# 点 燃

海水总想把礁石打歪
还替它准备好咸浓的泪
便宜的水雾遮住明月
浪花喧闹淹没星空的耳
山的祷告不是海的宗教
岸边的沙只滋生海的梦想
森林的细语不能与之分享
尘世的繁碎是健忘的外衣
给每个精灵戴上柔软的茧
土地总要扶起礁石的坍塌
风总要吹散遮掩的雾
沉思中划响一根火柴
海鸥翻腾透明的火焰
开始焚烧那自恋的海

2015.12.12

# 给某人的诗

著:［美］多萝西－拉斯基

译:达哥

你已经改变了我。我成了一团火

冲到天上猛追着你

你可以不抬头，但我是个橙红色的大火球

把燃烧的火花溅到你脸上

那颤动着的火花啊

抖到你身上，就像被情变谋杀了的大星球

惊天震地的抖动啊

我的星球比你想象得要大得多

你选择了逃走，躲到了

一棵树下。她很优雅，我想

但是不久她也会死去

会萎缩成绑着你喉咙的十条黑蛇

当她枯死时，我就又会像一个

流浪的窈窕淑女，心里装满

宇宙里被他人忘掉的声音

我会把你的声音关在小盒里

你来找我的时候，我不会回头看你

我把你的心声归还到你心里

你会感觉到抚摸着你心的手
我不会哭泣
即使你指望我流泪
我还比你想象的要聪明得多
因为我从来知道你就是我的

2016.2.2

# 卡塔丽娜的早晨

野牛在山顶静静地沉思，
　　这里的草地就是家乡。
坚定躯体托起来的目光，
　　划开凌晨干燥的山谷。
烧光的山坡不再有回响。
另样坚强是澳州的桉树，
　　在等天堂鸟开始歌唱。
受伤的秃鹰吻别了夜风，
　　审视着海葵和仙人掌。
碎石路早已放弃了马车。
乌鸦暂作了溜索的主人。
灌木里稍瞬即逝的银狐，
　　不会留下一点点声响。
卡塔丽娜的缠绵和断决，
　　都集中在这一个早上。
太平洋抚平了岛外的伤，
港湾上起起伏伏的小船，
　　在酝酿着即来的交响。
海面上腾空而起的飞鱼，
　　想拨动椰树绷紧的弦。

玻璃上的露水流成珠帘，
　潺潺帘外快要升起来，
　汤圆一样温暖的太阳。
天和海撑开了无边贝壳，
绽放的珠正在破晓而出，
　天的脸泛起一抹红晕，
　浪尖上的船都在颤抖，
　水的幸福和些许痉挛，
　把橘红色的喷射摊开，
　瞬间怀孕的温柔的海，
　把阳光和欢乐传遍了，
卡塔丽娜的每一个角落。


2016.2.21

# 亲近

亲近
是门廊下双手捧着的玫瑰
是等你时那壶新茶倒了又沏
是查尔斯河里为你撑开的双桨
是飞机落地前急要接通的手机
是那对酒杯
围着将要开的瓶

亲近
是早晨镜子里，想到你的时候
脸上泛起的笑容

亲近
是没有伞的雨里，倔强的湿发
只想早点见到你

亲近
是在闹市里，万千人声语沸中
只听得见你

亲近
是向后倒下的头颅，不惧石面
相信会被你接起

亲近
是奔到你的湖里，永不再回头的
那条欢快的小溪

亲近
是晨风摇动的露水，只想融化在
有你的阳光里

亲近
是我在宇宙里与地球唯一的联系
因为有了你，我才
存在

2016.2.29

# 印第安人

逝去的战马融化到土里
生气离开了躯体
淡淡地飘散到枫叶里休息
曾经驮着的那袋白骨
被迫去了密西西比以西
成了大盆地干草里的鱼
哦，那曾经的
       美洲的风
          自然的力
优美胜地红杉叠加的年轮
本来永远不可能消失
却
       在虚伪的喧闹声里
突然死去
科罗拉多河流走了
深刻的峡谷
不再有
古铜色的回音

2016.3.12

# 推磨的枷锁

不朽的猎人走出了
　　　　玻璃钢的公寓
电梯把弓箭运到楼底
半只野猪租来的车带他
去中央公园打猎
湖畔的渔民是从
　　　　墨西哥来的
住在城东的筒子楼里
读的是不同的《圣经》

自由的空气一如既往
一天的收成是全自然的家兔
可惜不能再有篝火
得快回到那钢的茅庐
卖水的会来
换水后剩下的三分之一
还够交两天的房租

没有羁绊的腰板
挺得很直

这是个有收获的一天
失控掉下悬崖的
　　　是河流
觉得自己有选择的权利
　　　是猎人

2016.3.12

# 背叛

回家的路上
赵家的狗没有再看我
它叼着我的耻骨
走来走去
我真不该把我的白骨
　　托付给他们
现在我明白
如果他们能发现
　　如何再把牛奶提取回来
那狗叼着的
　　一定不再是我的骨头

躺在沙滩上
新遭背叛的身躯
不断地下沉
理智的海鸥衔着我
　　愤怒的一半
飞来飞去
为它降了温
当海风发冷的时候

它还给了我

我和冷风结合成一个

　　　　理智的风筝

向流星指出的方向

　　　飞去

2016.3.11

# 镜中的陌生人

我一直在想
滑板上的少年
飞快地划过
一定在空中留下了什么
我曾满身疲惫
带着沉甸甸的心
去滑雪
之后
把重量留给了雪山

一定有东西
在体内积蓄
要不那
蓄谋已久的思想
怎装得下以往看不见的船
受过伤的心
一定流出过什么
当听到同样的诱惑
它不像以往一样颤抖

难道

是我变了吗？

我的颧骨重了吗？

凌晨

镜子里

数数似曾相识的皱纹

发现

里面的人

已不是昨天的我

2016.3.14

# 鹰飞过的地方

为什么要让冷风
　　吹迫前额？
为什么要离开树荫
　　把烈日撩过？
为什么要寻找
　　天堑与险壑？
为什么要腾空而去
　　挑战氧的稀薄？

崎岖的山路
　　不是给弱者的礼物
倔强的雄鹰
　　不囿于表面的生存
要想俯瞰那林海雪原
就必须直面
　　冰雪的洗礼
和
　　翱翔的孤寂

2016.3.14

# 云的舞蹈

坐地日行八万里，巡天遥看一千河。

　　　　　　　　　　　——毛泽东

旋转原来不是为了消遣
转动的风切割着乌鲁鲁巨石
雕刻出梅萨维德的拱门
旋转的云彩让地球
摆脱了月亮的死寂

生命不只是物质的组合
风的敲打给了动力
蓝天里云的舞蹈
摇响了漫山的苍松翠柏
警醒了酣睡的灰熊

搅拌着的碎浪和氧气
冲动了蝌蚪、水草和鱼
阳光里看着天空的少男少女
胸腔里澎湃着的是潮汐

2016.3.15

# 太阳金字塔

法老深邃的目光
　　探索着夜里宇宙黑色的海洋
饱受着无穷广袤
　　对自己智慧和躯体的质疑
"我真的很重要吗？"
他喃喃自语
为什么上天对我的问题
总是没有回答？
仿佛别人听不到
　　自己在梦里的呐喊？
他知道我在这里吗？在乎吗？
自己出生了，奋斗了，改变了
他感受到这一切吗？
汹涌的情绪在呼唤

一切都想挣脱尘土
宝石想镶上鹰爪
美玉渴望自己是月亮
盐的晶体在海风里翱翔
法老

筑起了太阳金字塔

用这个符号

巨大的等边三角

要把自己对宇宙的

伟大梦想投射上去

希望上天看到自己不是

　即将逝去的尸体和思想

而是从尘土里升起的

永恒的力量

一种神圣的存在

上天和谐的一分子

直指通向太阳的光芒

代表着这个不敢孤独的

灵魂，对苍穹

高高地举起的

像惊叹号一样的

点！

2016.3.17

# 神奇的寺庙

辉煌的寺庙
不再是滴血夕阳中的金顶
或着晨钟暮鼓里的城堡
神奇的寺庙
是开放的玻璃表面在邀请
打坐的酒　冷峻的
饮料　喧嚣祈祷的
人在咏叹苹果的
自拍　互动神坛的
美女洗礼大众的
汽车流动　管琴的
游戏　本堂卖药的
金色拱门圣餐的
乐喜金星　幻影的
青春永驻廿壹的
零卡路里　庄严的
悲惨世界　圣坛的
不夜灯火伴着人群平和地
用短信和神的信徒交流着
生活的点滴　实时的感恩

偶然有红牛赛车

紧急维修后的

轰鸣

2016.3.14

丂 非

俳
句
说

真红的蜻蜓　折射着阳光　和麦穗一起摇动

# 俳句的起源

俳句是日本传统诗歌的一种，后来在西方特别是美国，也很流行。传统俳句讲究空寂无我，一气呵成，抑扬顿挫。要理解俳句这种形式，非得了解它的由来。

## 歌的传统

日本的诗歌，诗是用汉语按照中国诗歌规范写的，歌是指日本诗。而俳句是最像中国诗的歌（日本诗）。日本的歌又叫和歌（英文：waka，日文：わか）。和歌有多种形式。

中国近体诗里有五绝、五律、七绝、七律。这些诗歌形式是在数每句几个字，每首几句。比如，五绝是每句五个字，共四句。七律是每句七个字，共八句。

类似的是，日本诗的形式也讲究数音节，在日文里，一个汉字的发音可以是多个音节。但是，本书是为汉语读者的，因为汉字每个字是一个音节，每个音节又是一个字，在本诗集讨论日本诗时，字和音节就互相通用了。

和歌或日本诗的每一句，往往不是五个字就是七个字。在讨论日本诗的形式时，就可以简单说明诗有几句，每句是五个字还是七个字。比如以下面公元712年《古事记》里的短诗：

> 问：过得好快啊　已是筑波新田野　多少夜晚了
> 答：在数着指头　已经是九个夜晚　快十个白天

　　这里每一句是一首片歌（英文：katauta，日文：かたうた）。片歌是一种三句十七个字或者是十九个字的诗。三句的字数分别是五七五，或者是五七七。片歌是日本最早的诗歌形式，特点是普通人一口气就能把片歌说完。其中的原因是片歌往往是用一口气一句话来提出一个问题，或者回答一个问题，比如情侣的对歌。很多后来的日本诗都以片歌为单位，比如这一首：

> 在三室地方
> 高大城堡的地方
> 是老子的牧草地
> 在老子地方
> 有着肥沃牧草地
> 草地山满是牛羊

　　这是一对片歌合在一起，叫做旋头歌（英文：sedoka，日文：せどか）。形式就是五七七五七七，共六句。不同于片歌，旋头歌不一定是为了问答，而是由同一个诗人写的。

　　与此同时，日本诗人们还开始用类似片歌的形式来写更长的诗。他们用一句五个字和一句七个字不断地交替着写诗：

我的宫女啊

我臣民的女儿啊

你把酒壶带来了

把壶拿起来

用你的手拿起来

把壶抓紧啊

纤细的手紧紧抓

美丽的献酒女郎

这就是首长歌（英文：choka，日文：ちょうか）。这里共八句，但可以更多。有趣的是，这首长歌的前三句是一首片歌（五七七），后五句就是后来流行的短歌（英文：tanka，日文：たんか）。短歌的形式是五七五七七。比如另一首短歌：

畅饮甜米酒

须须许里酿得好

我已经醉了

这美酒使人烂醉

我已经一醉不醒

## 短歌是俳句之父

短歌的出现加速了俳句发展。起初短歌多写成五七、五七、七的六句，但是慢慢地转化成了五七五、七七的形式。这前三句五七五是上阙，后两句七七是下阙。这种独立的上阙就可以用人们常用的五七五片歌。

比如：

春天回来了
寒舍最先开放的
是朵朵梅花
独自看着这些花
我度过日日春天

有时短歌的上阙是下阙的辅助和铺垫，但其他时候上阙在语法上是独立于下阙的。在万叶时代（759 年），短歌日益流行，片歌基本上消失了。慢慢地，短歌的五七五上阙就有了俳句的意蕴。比如《古今集》里的这首短歌：

春雨细绵绵
你飘落时在哭吗
盛开的樱花
当花瓣散落空中
人怎不替你悲伤

## 连歌是俳句之母

如果说短歌的出现是怀了俳句的胎，连歌（英文：renga，日文：れんが）的出现就生产了俳句。连歌是由两个以上的诗人一起写的诗。和中国诗人在一起对联和诗相似，日本诗人们聚在一起开始比诗。诗人们两两做对，看谁的诗更机智、更合题、更有美学价值。最初的比诗是一起写一首短歌。一个人写上阙，另一个人写下阙：

［甲］层层稻田啊　是人把水关起来　佐保的溪水

［乙］当稻子成熟时分　是你一人在吃吗

　　最初连歌只是诗人的玩乐，并不是文学的一部分。它们机灵有余，思想不足。但是在比诗对诗的过程中，诗人们用上阙和下阕的形式发展了许多写作方式，包括平行、对比、关联、同义、相关、转折、双关、模仿等等。后来在平安时代（Heian Period），连句变得更长，慢慢地发展到上百阙。在写作上继续发展幽默和机智的同时，也开始向传统诗歌美学回归。

　　在长连歌的竞技写作过程中，大家开始像打文化麻将一样，设立赏金。写得好的能得到物质奖励。于是连句派对开始流行。连歌的规则也就开始细致完善，对连歌的要求也开始讲究优美。

　　一个长的连歌的成功与否，第一阙五七五是至关重要的。第一阙就成了所谓的发句（英文：hokku，日文：ほっく）。一个派对里就推举最有才能和资历的诗人写发句。慢慢地，通用的专门发句开始出现。发句的质量大大提高。发句就成了独立的诗体。

## 发句就是俳句

　　发句是在为连句诗人们设立基调和主题，为了保证发句能让诗人们跟上题，发句就开始有了标准的词语，比如强烈的季节词和有通用象征意义的自然物体，比如春风、月亮、樱花等等。这就有了俳句里的季语（英文：kigo，日文：きご）。

所谓季语，一方面是四季在传统和歌里和日本诗歌审美观里有着重要作用，另一方面就是为了取得连歌诗人的广泛共鸣，从而使得连歌更加可比，也容易管理。

在长连歌和现代俳句之间，还有很多发展，比如俳谐（英文：haikai，日文：はいかい）。在室町时代（むろまち），年轻诗人们对连歌的繁琐规则的不满，引发了所谓幽默的连歌，也就是俳谐。俳谐开始使用连歌或短歌里不允许的词汇，也更加注重幽默双关，也就是搞笑。比如：

> 慢慢融化了
> 雪堆起来的佛像
> 真成佛而去

在一定时期，俳谐的派对胜过了连歌派对。以至于后来的俳句大师松尾芭蕉，就是以写俳谐为生。

有了独立的标准的发句，俳句终于在几百年的发展中产生了，当正冈子规（英文：Masaoka Shiki，日文：まさおかしき）（1867—1902）最终给这种诗正式起名为俳句（英文：haiku，日文：はいく）时，一个历史悠久的文学瑰宝早已丰富多彩。

# 俳句的定义

从俳句在日本的发展史里可以看出，它的经典特征有：

◆**十七音节**：俳句是一首短诗，最多不超过十七个音节。在汉语里，因为汉字是单音节字，俳句也就不超过十七个字。这十七个音节或字，一般排成五字、七字、五字三句。

◆**一气呵成**：俳句讲究一口气能比较从容地读完。

◆**即景无我**：传统的俳句多是描写山水、田园、事物。即使是在反映诗人的情怀，诗人也不在传统俳句里出现。

◆**对比关联**：一般俳句里有两个主语，代表两个事物的对比。这两个事物可以是相关的、相似的，或相反的。

◆**季节鲜明**：传统俳句都要有一个通用的大众接受的季语。季节在传统俳句里有举足轻重的作用。

◆**意境独特**：在比较俳句的两个事物的过程中，一种独特的对世界和生活的观察理解会直接或隐含地表现出来。

举几个经典的例子:

例一:

［4］寂寞古池塘,青蛙跳入水中央,扑通一声响。

（松尾芭蕉）

形　式:三句十七字。

图画一:古池塘。古指年代旧,隐含寂寞,荒凉。

图画二:青蛙跳入水中央。有动感。与图画衬托。

季　语:青蛙,代表春天;蛙叫一般代表寂静。

意　境:寂静。恰恰是用扑通一声来点明。因为响声过后会重归寂静。

例二:

［5］树下肉丝菜汤上,飘飘撒落樱花瓣。

（松尾芭蕉）

形　式:两句十四字。

图画一:树下肉丝菜汤。有人但是没提。

图画二:樱花瓣落在菜汤上。有动感。与图画分不开。

季　语:樱花,代表春天。

意　境:独处的乐趣和美丽。

例三:

［6］月出惊山鸟，时鸣春涧中。

（王维）

形　　式：两句十字。

图画一：月出。

图画二：鸟受惊后在春涧里鸣叫。

季　　语：月亮，在中国文化里代表秋天。

意　　境：寂静。鸟鸣衬托得山林更加幽静。

谈到俳句的定义时，同样重要的是明确俳句不是什么。

首先，俳句不是警句和隽语。比如说，"远亲不如近邻，近邻不低对门"就不是俳句。第一，它只是一个谚语。既没有描写自然，也没有从两个事物的对比里产生的隐喻和意境。

其次，俳句不是没有情感的科学描述。比如下面不是俳句：

"美女的眼仁是蓝色的，她的视力还是20/20。"

再次，俳句不是没有情感的商业描述。比如下面不是俳句：

"金黄的麦田，每亩能产一万斤。"

# 俳句的美学

严格意义上的俳句，已经有五百多年的历史。现在全球有一千多万人在写俳句。这是因为它和其他重要艺术形式一样，拥有一个富有生命力的美学基础。

谈俳句的美学，要讲讲什么是俳句的审美观，俳句的经验和俳句的时刻。

## 无我

我们已经谈到，俳句的传统美学和王维的空寂无我是很接近的。关于王维（摩诘）的两句很空灵的诗：

> 雨中山果落
> 灯下草虫鸣

钱穆先生在他的《谈诗》一文中写道："摩诘这一联。在深山里有一所屋，有人在此屋中坐，晚上下了雨，听到窗外树上果给雨一打，噗噗地掉下。草里很多的虫，都在雨下叫。那人呢？就在屋里雨中灯下，听到外面山果落，草虫鸣，当然还夹着雨声。这样一个境，有情有景……"

那么，为什么要说王维的意境妙在无我呢？钱先生继续写道："这一联中重要字面在落字和鸣字。在这两字中透露出天地自然界的生命气息来。大概是秋天吧，所以山中果子都熟了。给雨一打，禁不起在那里噗噗地掉下。草虫在秋天正是得时，都在那里叫。这声音和景物都跑进到这屋里人的视听感觉中。那坐在屋里的这个人，这时顿然感到此生命，而同时又感到此凄凉。生命表现在山果草虫身上，凄凉则是在夜静的雨声中。我们请问当时作这诗的人，他碰到那种境界，心上感觉到些什么呢？我们如此一想，就懂得'不著一字尽得风流'这八个字的涵义了。正因他所感觉的没讲出来，这是一种意境。而妙在他不讲，他只把这一外境放在前边给你看，好让读者自己去领略。"

钱先生很好地阐述了我们先前提到的俳句的即景无我。从禅学上讲，即景是把"雨中山果落，灯下草虫鸣"这里的境描写出来，其中的深意由读者去体会。而无我是说诗里没有提及诗人本人。

## 美学取向

一个阳光明媚的下午，一个农民领着他的两个朋友去他的黑麦田里散步。一位朋友是诗人，另一位是昆虫学家。当农民在兴高采烈地谈起他最近的收成时，一只红色的蜻蜓飞了过来，昆虫学家下意识里马上认出了蜻蜓的科属，开始仔细地分类，并向农民和诗人赞叹蜻蜓的美丽和它的一些属性。蜻蜓的出现显然没有使农民多在意，在附和了昆虫学家后，他马上回到了对黑麦田产量的叙述上。农民的思想集中在麦田的商业讨论上，他并不在乎蜻蜓的存在，他的取向是商业的。

昆虫学家的取向是科学取向。他是在用他所知道的知识，思考着蜻蜓的每个部位，比如有多少眼睛、几只翅膀，或几条腿，以及这只蜻蜓和其他昆虫的相对关系。他给大家的解释是基于某种特定的知识，不是基于对这只蜻蜓在这个时刻的整个存在。

站在两位朋友身边，诗人注意到蜻蜓落到了一棵黑麦的叶子上，并且马上观察到了它的颜色、形状和总体的感觉。他的取向不是基于自己对昆虫的知识，也不是它的价值，而是只针对这只蜻蜓本身。他也并没意识到蜻蜓的美丽或者对自己的影响，而是专注着蜻蜓本身。诗人的取向就是美学取向。

对俳句而言，科学家的取向往往是分解的，不完整的，往往是关注于事物之间的关系而不是主角体验本身。

俳句诗人所有的是随时能够专注于某种体验本身，不把自己的个人需要混到体验中去。这就是肯安田在他讲述俳句美学的著作里说的俳句态度。他提到，俳句诗人要用完整的体验来写诗，而不能用逻辑。仔细安排的思想对写俳句有害无益。只有用俳句态度来看事物，俳句诗人才能够随时有俳句应有的美学取向。

这种美学取向也就是王维的空寂和钱穆先生说的无我。

## 美学体验

我们又知道，所有的诗歌都不可能完全和自身分开。所有的诗歌都反映着诗人的假设、态度和对时间、年龄的理解。在观察事物时不有意识地把自己混到事物里的无我，并不是无意识里的绝对的无我。否则事物只是事物，而不是诗人对事物的体验。

那么，在把俳句写出来之前的美学体验是什么呢？它是诗人和事物在潜意识里的结合，是一种高度的统一。诗人自己和他观察到的事物之间不再有界限，而是和事物在潜意识里成为一体，自然而然地感应着。这就是在佛学里人们说的天人合一的状态。这样就能写出好的俳句。

这种美学体验是构筑在诗人本人的经验上的。他的眼睛不是被动的，而是富有自身经验的，有感情的。肯安田把它叫做基础经验。正是这种基础经验才赋予诗人和自然的共鸣以某种意义，而不被逻辑困扰，不有意把自己介入到事物里，保证了诗人是谦虚而忘我的。

只有谦虚而忘我的诗人才能做到和自然的统一，才能有写俳句前的美学体验。好在松尾芭蕉认为，任何事物都可以给诗人这种美学体验。

## 俳句时刻

从诗人有了写俳句之前的美学体验，到把俳句写出来，就是一种表演。罗伯特·佛洛斯特说，诗歌是力量的表演。这种力量是俳句能够激起读者深度共鸣的力量。能用词句把诗人体会到的美学体验真实地表达出来就完成了所谓俳句时刻。

最后，诗人展现给读者的是一种完美的、无我的、智慧和情绪相结合的俳句图像。

最后，我们来完成一首蜻蜓和黑麦的俳句：

[7] 真红的蜻蜓　折射着阳光　和麦穗一起摇动

俳名作为一种诗歌形式，最重要的是表达一种独特的审美观和意境，至于少于或等于十七音节，采用两名或三句等形式要求就不是很重要，对语言的依赖也变得次要。纵观俳句从日文流传至英文，从开始时必须有季语到后来可以没有季语，俳句的发展是可以有多种形式的，是可以走出日文，走到英文，也可以走到中文中去的。归根到底，俳句的美学和意境，才是俳句的精髓；至于文字文种，只是美学和意境的载体，大可不必自囿于日语。我相信大家用现代汉语一样能写出像王维的五绝一样美好的汉俳句。

# 大师的绝响

松尾芭蕉（英文：Matsuo Basho，日文：**まつおばしょう**）
(1644—1694)

在松尾芭蕉生活的时代，以作为俳谐连歌（由一组诗人创作的半喜剧连接诗）诗人而著称。是他把俳句形式推向顶峰。

在我的这个百骨九孔的凡人之身里，有那个随风飘动的精神，像一块撕落的丝缎，能被清风卷去。正是这个精神让我开始写诗，开始只是为了消遣，但最终成了一生的事业。有时它受到挫折，想放弃追求；有时又被骄傲鼓起，为虚荣的胜利欢跃。自从开始写诗，它就没有满足，没有安宁，总是在各种疑惑之间摇摆。有时它为了求生而为人所用，有时它成为学者去探索自己的无知，但是对诗歌的由衷的爱，没有让它沉沦。除了诗歌，它不知道其他艺术，所以，它盲目地与诗歌一生不离不弃。

松尾芭蕉　1687　（达哥译）

1644 年，松尾芭蕉出生在京都东南九十里外的上野。父亲是个靠务农为生的下层武士，在松尾芭蕉十二岁那年去世。他离开了家，到了当地的一个武士贵族家里工作，和主人家年长他两岁的令尹关系很好。在松尾芭蕉二十岁那年，他的作品入选地方诗集。他也参与了当地的连歌。他一生都在写连歌。他的许多经典俳句，都是他给连歌写的发句。其他的写在他的书信中、他的旅行日记里，或者他的俳文（haibun）里。

松尾芭蕉二十二岁那年，他的好朋友令尹也去世了。悲痛之后，松尾经过了几年放荡生活，但是继续写作。五六年以后，他在京都生活，是一本名叫《贝壳游戏》的俳句集的编辑。在那里，编辑既是老师，又是评论员，又是裁判。每期《贝壳游戏》有三十对俳句。编辑在每对俳句里挑选一个赢家。

二十八岁那年，松尾来到六百多里外的江户（现在的东京）。在那里他有了很多学生。贫苦，既不是偶然的也不是无关紧要的。贫苦帮助松尾提高了意识。早年的不幸、无定所、动乱，让他很苦闷。三十多岁，松尾开始研究禅学，三十五岁那年，他成了一位世俗和尚。那些年，他也研究了道家和中国与日本的经典诗歌。这些都成了他毕生创作的源泉。

与其说禅是一门学说，倒不如说禅是一套观察理解世界的工具。诗歌也一样，在每个人、动物、事件和物体中看得到非永恒，永远的变化和独立。松尾选择了禅作为他自己生活和诗歌的榜样。像一个流浪的和尚一样，他剃了发、身着袈裟，一次旅行好几个月。他的诗里弥漫着禅的精神，有同情、睿智和幽默。他说："诗歌既不是主观的，也不是客观的。"禅给了松尾诗歌里的无我。

神道教（Shinto）对松尾的诗歌也有很大影响。神道的教义不在于普世、抽象或天堂，而在于接地气，在于看得见摸得着的寺庙、山峦、海岛、田野和树木。神道给了松尾诗歌的场所精神。

松尾芭蕉每天要步行六十到九十华里。年轻时他是为了生计而奔波；中年时他随心所欲；到了暮年，他的行旅生活散发着绝不能待在家里的不安。"太阳和月亮是永远的旅行者。岁月来了又去了，和流浪者一样。把一生花在船的甲板上，老来又拽着马的嘴，这样的人，每天就是行旅，行旅也就是家。"

松尾芭蕉的诗歌境界缘于禅学中的空寂和平淡。他的名字却是由来于他的职业和学生。在那时的日本社会，镇上的教书先生靠学生和富有客户的资助为生。这种资助可以是金钱，也可以是大米和书籍这些必需品。1680 年冬天，他的一个粉丝给他在当地河边建了一间茅屋。来年的春天，另一位学生在茅屋的前面种了一株芭蕉。于是，茅屋就成了芭蕉堂，主人就成了松尾芭蕉。后来他曾写道："有一年我要到北方远行，要离开我的芭蕉堂，我离开这棵芭蕉树的忧伤无比强烈。五度春秋以后，我回来了，我的双袖浸满泪水。橘香四处，友情如故，我再也不会离开这里。"

他还写道："我在原址附近新盖的芭蕉堂，有三间房。我种了五棵芭蕉，月亮挂在它们的枝条上，更加飘逸动人。芭蕉叶有七尺长，大风里芭蕉叶几乎从叶根处断掉，就像凤凰的尾巴被折断时一样疼痛，像撕裂的绿扇子一样可怜。"

松尾芭蕉一生的写作主题和这种对植物的冥想紧密联系在一起。诗人和芭蕉的风格合二为一了。他的永不停顿的流浪，感性的知觉，他对更新的冲动，他对芭蕉叶易碎的共鸣，对奇美的渴望，以及对内在和外在世界的不断审视，与人和芭蕉融为一体。

俳句是对声音、质感、远近和内流外露的研究。风中撕裂的芭蕉叶在中国和日本古典诗歌里留下了长久的景象。大和小的和谐，人和非人的自然的较力，都存在于铁棍打水时溅起的每一滴。

松尾芭蕉的生活艰辛，让他深刻理解了先辈诗人杜甫的诗句。他说："在这里找得到空寂，但是毫无欢乐。我唯一超得过杜甫的地方是我生病的次数。"庄子说："鹪鹩巢于深林，不过一枝；偃鼠饮河，不过满腹。"松尾芭蕉自己的水桶常常在寒冷中冻得结实。

1663 年，江户的大火毁了松尾芭蕉的芭蕉堂，他本人也只是靠跳到河里才幸存下来。之后，他只好住到一个学生家里，那年夏天，他的母亲也去世了。他的学生帮他找到附近的一个破旧房屋，也给了他一些生活用品。这些生活对他的诗作有了很大影响，逐渐偏离了禅学讲究的"第一意念就是最好的意念"，或者认为想得太多会失去原意。松尾芭蕉的诗越来越讲究用词的推敲。

松尾芭蕉的美学还在于对质朴寻常的珍惜，就像枯萎的栗子，"虽然很小，但是味道很好"。禅学中也讲究"像你已经死去一样生活"。松尾芭蕉的作品也有这个缩影。他也常常写事物的暂时性。他多年的行旅采风生活给了他机会，对世界有所反映和深思，也让他对以前诗人视而不见的寻常事物和活动有了新鲜的观察。在他的俳句里，事物的界限变得透明，自我和非我互相渗透。

他的最后十年，是他成名后的十年，他的思想和诗歌被人们广泛接受。随之而来的成名和应酬，使他劳顿不堪。他经常把自己关起来，好不被外界打扰。逐渐地，他诗歌里的苦难少了，多了生活的诙谐。

他的诗歌，就像冬天的凉扇，或夏天的火炉，不是为了有用才写的。他对芭蕉树的喜爱，真是因为芭蕉树没有任何功利和目的。同时，他的诗歌，又在追求对事物描写的强化，诗人的经验，在诗歌里会更强大。

他的诗歌，读过后回味无穷，在新的时刻又会被扩展。再短的诗，也能有广阔的含义。在松尾芭蕉的诗歌里，他不断地在暗示世界可以是不同的。一个人不该总被局限在单一的眼光里。他的诗歌把思维从单一和绝对的故事里解放出来，也把人们从主观和客观、自己和他人、自由和俘虏之间的粗略切割中解放出来。在他的诗歌里，一切都融合在一起。

松尾的诗歌，一直有与生俱来的怜悯和对万物深刻的同情。也有深刻的观察，共鸣、幽默和友谊。他宁可要行者的草帽，也不要屋顶下的平安；他的俳句是童心的不加修饰的表达。在他那里，艺术是超越了创作环境的美丽。当他听到鸟鸣，他独处就有了它自己的美丽，把痛苦转化为深度，忧伤和美丽就合成在一起。

松尾的俳句里，有一种一目了然和奇特无比的风骨。他能深刻地意识到"掌心里的无穷大"，他看到的世界像一粒沙一样精确和微不足道，但是又广阔无比。下面我把从松尾俳句的英文译本里的六十八首俳句翻译成汉俳，一来供大家欣赏松尾的杰作，二来展示简单俳句所能描绘的复杂世界和人类情感。

［8］春天要走了　鸟在哭　鱼的眼睛满是泪水

［9］马蝇　在花丛中　麻雀啊不要吃它

［10］鱼市上　鲷鱼的牙龈　冻得发白

［11］夏天的草　是将士们残留的梦

［12］老了　吃海草时　沙子蹭了牙

［13］第一场冬雨　杂耍的猴子　像在找小雨衣

［14］海变黑了　野鸭的叫声　隐隐发白

［15］月如钩　什么都不像

［16］即使在京都　听到布谷鸟　我向往那个京都

［17］黄昏　听不到钟声　芳香里传来　花报的时辰

［18］东边太阳　西边月亮　地里菜花黄又黄

［19］云把朋友分开　短暂的一会儿　叶鹅的迁徙

［20］哎　人看得见闪电　却没有顿悟

［21］一模一样　蓝色的鸢尾　和它水中的影子

［22］凋零　斜乱　竹子　头朝下栽在雪里

［23］布谷鸟　俳句大师们　消失了

［24］害羞　在花朵上面　月朦胧

［25］醉了　谁会在意　只要有花开放

［26］锯断的树墩　像今晚的月亮

［27］秋夜来临　光秃的树枝上　乌鸦在休息

［28］下雪的早晨　一个人　嚼着三文鱼干

［29］香蕉树叶　会遮盖它的光芒　月亮的茅庐

［30］苦冰片　湿润了　老鼠的喉咙

［31］芭蕉树风中悸动　整晚听着雨敲打着铁盆

［32］我富有了　新年伊始　还有二十磅旧米

［33］我唯一的财产　是一个装米的小葫芦

［34］路边的骷髅在沉思　风吹透了　直穿其心

［35］猴子的哭喊　凄惨　秋风中被遗弃的孩子呢

［36］路边野花开　我的马在吃着锦葵

［37］秋天的霜冻　如果在手中　热泪能融化它吗？

［38］雨雾濛濛　看不到富士山　有趣的一天

［39］好冷啊　大葱的深根　冻得发白

［40］租来的房子　我签了名　"寒冷的冬雨"

［41］别拷贝我　就像第二瓣　切开的瓜

［42］年复一年　猴子的脸　戴上了猴子的面具

［43］年终遗思　一天晚上　小偷来过了

［44］春雨　屋顶滴滴漏水　滴过一个马蜂窝

［45］凉快啊凉快　午休　脚挂在墙上

［46］喇叭花　白天开花的锁　锁住我的门

［47］在露水中　又脏又冷　一个带泥的瓜

［48］闪电　苍鹭的哭声　飞到黑暗里

［49］秋天　鸟飞到云中　我怎么老了

［50］白色的菊花　纤尘不染　捕捉我的视线

［51］月光下　怕狐狸的男孩　得情人送回家

［52］深秋　我的邻居　在干什么

［53］路途中　我病了　我的思念掠过荒原

［54］冬天　马背上　有一个冻僵的影子

［55］狂野的海　漫过流放的岛　天上的星河

［56］年三十的告别　鱼怎么感觉　鸟怎么感觉

［57］蟋蟀在歌唱　不见它的身体　它何时死去

［58］病不能食　即使是米糕　桃树开了花

［59］山里的杜鹃　唱着我的哀歌　直到空寂

［60］海的虫　活活冻僵　还是一整块

［61］抓墨鱼的瓶子　夏天的月亮　短短的梦

［62］绵绵　雨中逝去的　是诗人的茅庐

［63］不爱孩子的人们　花不为你们开放

［64］怒海把银河涨到了窗前

［65］小虫在叶子上漂流　何时能到岸呢

［66］疲惫的时候　夕阳里都是紫藤

［67］月光如昼　门口涌来潮头

［68］开炉的时候　瓦匠的双鬓也要白了

［69］一人饮酒难入眠　夜来还多风雪天

［70］夕阳下　秋天的小路空无一人

［71］粥香扑鼻　肠胃里的春天要来了

［72］春雨连夜懒洋洋　故友不来不起床

［73］炎炎赤日正头阳　瑟瑟秋风梳地黄

［74］寒舍简陋无一物　晚来迎客有蚊虫

［75］晚来不负明月光　终夜环绕荷花塘

山崎宗鉴（英文：Yamazaki Sokan；日文：やまざきそうかん）
(1465—1553)

山崎宗鉴是日本室町时代 (Muromachi Period) 俳句诗人。提倡以口语俗语作讽刺揶揄，句作大致可以按内容分成两部分，一是嘲世的滑稽诙谐之作，另一部分是安贫之作。在俳偕连歌的发展上做出贡献，被认为是俳偕的创始者。

滑稽诙谐之作：

[76] 给月亮安上把手　就像团扇一样

[77] 两只手拄在地上　青蛙才能歌唱

安贫之作：

[78] 晚上吃着毛栗　明月来到山顶

[79] 十月纸窗破了　感到北门的寒冷

与谢芜村（英文：Yosa Buson 日文：**そうさぶそん**）
(1716-1784)

与谢芜村是日本江户时代（Edo Period）著名俳句诗人，也是俳画的创始人。他首创在画上题写俳句的风格。年轻时师从松尾芭蕉的弟子。之后成为"俳中有画，画中有俳"的名家。

芜村俳画的代表作"紫阳花子规图"，这是一幅表现思念恋人而哭泣的疯女人哭声与子规鸟啼声相互交错的俳画。

［80］冬日寒林里　伐木斧声送清香

［81］春天的海洋　整日在荡漾

［82］两三瓣牡丹跌落　一两股香气扑鼻

［83］春雨细绵绵　贝壳滋润沙粒间

［84］荒野萧条苦不堪　夕阳没落乱石间

小林一茶（英文：Kobayashi Issa；日文：**こばやしいちちゃ**）
(1763–1827)

小林一茶是日本江户时代（Edo Period）著名俳句诗人。他巧妙运用方言俗语，常能表现对弱者的同情和对强者的反抗。

［85］不要打它　苍蝇在搓它的手　搓它的脚呢

［86］回家了　斗笠上的苍蝇　比我先进了门

［87］一寸接一寸　小蜗牛　爬向富士山

［88］撒把米也是罪过啊　让鸡斗了起来

［89］到我这里来玩吧　没爹没娘的麻雀

［90］回故乡吧　在江户乘凉也难呀

［91］故乡的雪　从心头落下

［92］我这颗孤星　银河里没有我的家

［93］元旦寂寥　不只我是只无巢的鸟

［94］我的故乡　那儿的草　可以做饼吃

［95］故乡啊　触着碰着的　都是带刺的花

［96］雁别叫了　从今天起　我也是漂泊者啊

正冈子规（英文：Masaoka Shiki；日文：**まさおかしき**）
(1867–1902)

日本明治时代（Meiji Period）著名诗人和散文家。对日本俳句进行了改革和推进。

[97] 渡船春雨至　船上伞高低

[98] 罂粟开花日　风吹即飘零

[99] 我庭小草复萌发　无限天地行将绿

[100] 方啖一颗柿　钟声悠婉法隆寺

[101] 夏来清爽兮　腋下如生翼

[102] 喉头痰一斗　瓜汁难解忧

[103] 幼鸟健飞时　双亲已不再

[104] 纸鸢飞空中　真鸢不敢近

[105] 空中云雀侠　吞雾还吐霞

# 汉俳的写法

## 格律俳（近体俳句）

汉俳可以用严格的五七五三句的格式，再加上平仄和押韵，就是一种优雅的形式。

我推荐以下四点格律俳句规则：

   ★ 俳句的每一句必须依照其声调平仄相间。

   ★ 第一句和第二句的前五字平仄相对；第三句和第二句的后五字平仄相对。

   ★ 诗韵必须押属于同一韵部的平声韵。第一、三句押韵或者第二、三句押韵即可。偶尔可用仄声韵。

   ★ 不要求对仗。

需要注意的是，声调中平仄相间，不可以整句中只有一个孤单的平声而其他均为仄声（在中国近体诗格律里这种错误叫"犯孤平"）。一句中只剩一个仄声或出现平平平"三平调"也是不好的。

下面举出的四个俳句的例子。既有仄声开始，也有平声开始；既有押平韵也有押仄韵。粘对方面，既有一、二粘对，也有二、三粘对。

仄仄仄平平

寂寞古池塘

平平仄仄仄平平

青蛙跃入水中央

平平中仄仄

扑通一声响

这里一、三句押韵，并同时满足一、二粘对和二、三粘对。

仄仄仄平平

垂柳柔而长

仄平平仄仄平平

情人相依对唇香

仄平中仄仄

一啄一声响

这里一、二、三句都押韵，并同时满足二、三粘对。

平平平仄仄

星繁天辽阔

中仄平平仄仄仄

一叶轻舟银河落

仄仄仄平平

爱人舟中坐

这里一、二、三句都押仄韵，并同时满足二、三粘对。

平平仄仄仄

笛悠潮渐长

仄平仄平仄仄平

曲终爱人已过江

仄仄平平平

一橹一宫商

这里二、三句都押平韵，并同时基本满足一、二、三粘对。

## 词令俳（词令俳句）

在写汉俳的过程中，我发现用十六字令和变体十六字令能较好规范升华俳句。

十六字令是词牌名，因全词仅十六字而得名。又叫苍梧谣、归梧谣、或归字谣。十六字，四句，第一、二、四句押平韵，其实是最短的诗。比如：

平。中仄平平仄仄平。

天！休使圆蟾照客眠。

平平仄，中仄仄平平。

人何在？桂影自婵娟。

（南宋蔡伸）

再如：

平。中仄平平仄仄平。

山，刺破青天锷未残。

平平仄，中仄仄平平。

天欲堕，赖以拄其间。

下面是我用十六字令或其变体写的俳句：

　[106] 杆　碧草青天映水蓝
　　　　鸟惊起　球舞红叶边

　[107] 断　虫与杆禾尽被斩
　　　　刀锋过　有谁能阻拦

　[108] 秋　红叶枯枝落不休
　　　　凉镜里　白发染苍头

　[109] 寒　萧瑟严冬芜菜篮
　　　　温清酒　就泡菜一盘

## 自由俳句（现代俳）

俳句，甚至古诗词，能不能写现代，是个有趣的问题。俳句可以写风、花、水、月、松、竹、梅，但是它能写汽车、抗生素、飞机、潜艇、钢筋水泥吗？很多人认为俳句不能写现代，用俳句写现代好像是年代误植（anachronism）。

在王维和松尾芭蕉的世界里，空寂和生活的简洁，是通过对身边的自然来表达的。在今天的世界里，自然和他人已经密不可分。互联网、全球定位、无人飞机等等，好像让自然的空寂不再可能。

但是，人的敏感还在，人的境界还在。古时通过木窗看到的圆月，和今天透过铁窗，或被摩天大厦玻璃墙反射的圆月又有什么不同呢？傍晚的萤火虫，今世和旧时又有什么不同呢？所以俳句的环境还在。

但是俳句的环境被压缩了。尤其是人类的无限扩张，已给自然造成了巨大压力，在北京，雾霾与自然和人不可再分。在乡下，气候变暖，物种减少，工业污染，已经让人们离王维和松尾芭蕉更远。

所以，我邀请大家用现代文写俳句，不停地擦亮我们的眼睛。下面是用自由体白话文翻译的几首美国人写的俳句：

［110］白花瓣飘在林间小溪上，还有什么是梦想？（美—Sadakichi Hartmann）

［111］地铁里人群的脸，像黑枝上一簇簇的梅花

［112］二十座雪山中，只有一只黑鸟的眼睛在动（美—Wallace Stevens）

我们再把一些中国古诗词的名句用自由的俳句重写出：

李白《静夜思》

床前明月光，疑是地上霜。
举头望明月，低头思故乡。

［113］冷冷的月光在床头　浓浓的乡愁在心头


白居易的《赋得古原草送别》

离离原上草，一岁一枯荣。
野火烧不尽，春风吹又生。
远芳侵古道，晴翠接荒城。
又送王孙去，萋萋满别情。


［114］一年一度芳草新　荒城古道故人情


假如鲁迅写俳句：

［115］我家门前　一棵是枣树　另一棵也是枣树


［116］无穷的远方　无数的人们都和我有关


可以相信，不多于十七个字的白话自由体俳句，可以表达复杂经典的涵义。

最和俳句意境相通的要数王维的诗了。很多人都喜欢王维的诗，他的山水诗里常有一种独特的空寂无我的美。在他细致入微的描写里，要么景色里根本没有人，空灵幽寂，要么有人但是没有诗人本人，按佛学的说法就是无我的境界。

我们想用现代汉语表达出类似的意境。下面我们来试着把他八首诗里情景交融的十句重写成十首单独的普通白话俳句。

他的《山居秋暝》，中间两联是：

空山新雨后，天气晚来秋。

明月松间照，清泉石上流。［a］

竹喧归浣女，莲动下渔舟。［b］

随意春芳歇，王孙自可留。

写成两句小诗是：

［117］月光来到松林里　清泉在石头上流（十四字）

［118］归来吧　浣女弄响了竹林　渔船摇动了莲花（十七字）

再看他的《鸟鸣涧》：

人闲桂花落，夜静春山空。［c］

月出惊山鸟，时鸣春涧中。［d］

写成两句小诗是：

［119］夜里　瓣瓣桂花随风飘落　山里空空荡荡（十六字）

［120］一轮明月出来　受惊的山鸟在山涧里急鸣（十七字）

请注意我把［c］句里的人去掉了。

他的《使至塞上》的颈联：

单车欲问边，属国过居延。

征蓬出汉塞，归雁入胡天。

大漠孤烟直，长河落日圆。[e]

萧关逢候骑，都护在燕然。

重写为：

    ［121］大漠无风　孤烟直上　落日圆圆　映照长河（十六字）

王维的《竹里馆》：

独坐幽篁里，弹琴复长啸。

深林人不知，明月来相照。[f]

试着重写为：

    ［122］静坐竹林深处　有月亮相伴（十一字）

王维的《鹿柴》：

空山不见人，但闻人语响。

返景入深林，复照青苔上。[g]

试着重写为：

    ［123］日落时　阳光又照到了青苔上（十二字）

再看看王维的《终南山》：

太乙近天都，连山接海隅。

白云回望合，青霭入看无。[h]

分野中峰变，阴晴众壑殊。

欲投人处宿，隔水问樵夫。

可以单独写成诗：

［124］登山　身后的云合起来　面前的云却追不到（十七字）

再看看王维的《过香积寺》：

不知香积寺，数里入云峰。

古木无人径，深山何处钟。

泉声咽危石，日色冷青松。[i]

薄暮空潭曲，安禅制毒龙。

可以单独写成诗：

［125］山里的钟声从哪里来　泉水在危岩上哭泣（十七字）

最后看王维的《秋夜独坐》：

独坐悲双鬓，空堂欲二更。

雨中山果落，灯下草虫鸣。[j]

白发终难变，黄金不可成。

欲知除老病，唯有学无生。

［126］灯下独坐　听到雨中虫在叫　山果在跌落（十六字）

这十首新的现代小诗都不多于十七个字。每首都有两个事物在对照着，想一起描绘一个意境。且不说这些白话诗的好坏，也不说它们是否真实反映了王维的心境，如果忘记了王维的原诗，这十句小诗有存在的价值吗？希望大家都来试着写这样的诗。

# 从俳句到诗词

俳句的思维和美学对传统诗词也是很有帮助。它唯美的图像感、隽永的对比、无我的境界，能让用俳句连成的诗词别有韵味。

我探索了用几个词牌来写汉俳的连歌。减字木兰花（四连俳）、苏幕遮（四连俳）和采桑子（四连俳）都是汉俳连歌的好选择。比如：

达哥《减字木兰花·天涯旧恨》

[127] 日残月恍，遍地菜花黄垄上。

[128] 瘦马斜阳，锦葵姑且垫牙床。

[129] 青青劲草，续梦英雄曾年少。

[130] 暮鼓声殇，报时自有野花香。

这首词采用了松尾芭蕉的四首俳句连接而成。每一句单独是一首俳句。第一句在描写黄昏，一边是太阳，一边是月亮，野外满地是黄花。第二句在写马在吃路边的锦葵。第三句在写田野里曾经是战场，逝去的将士，他们的梦想变成了青草。第四句是写田野里没有报时的钟声，但是花香带来了时间的信息。

再比如：

达哥《苏幕遮·没落寒秋》

［131］暗云宵，辽阔海。

　　　水鸟哀鸣，天高声声没。

［132］旧残阳，犹似血。

　　　野径无人，空等秋霜落。

［133］风静枯枝无摇曳。

　　　干叶全无，甚感乌鸦寒。

［134］窗下尚有白幼菊。

　　　不染纤尘，伴我将残秋。

　　这首词采用了松尾芭蕉的另外四首俳句连接而成。每一句单独是一首俳句。第一句在描写黄昏，大海广阔一片，水鸟的叫声都被淹没。第二句在写野外的道路没有行人。第三句在写黄昏时乌鸦栖在枯枝上。第四句是写此时此刻，一朵白色的菊花，纤尘不染，伴诗人度过孤寂的寒秋。

　　再比如：

　　达哥《采桑子·游客归来》

［135］推门未等前足落，小蝇先入。

［136］切莫伤它，伴我风尘手脚木。

［137］喜来撒米群鸡斗，自责不已。

［138］再观蜗牛，寸寸相连又远足。


　　这首词采用了小林一茶的四首俳句连接而成。每一句单独是一首俳句。第一句在描写诗人长途游历归来，推开家门，人还没进来，斗笠上的苍蝇先进来了。第二句在写诗人不愿意他人伤害这只苍蝇，因为它陪着他长途跋涉直到手脚麻木。第三句在写归来的诗人给鸡群撒了一把米，但是引起鸡群打架，觉得罪过。第四句是写长途跋涉的蜗牛，又开始一寸一寸地向远方爬去。

汉
俳

鱼儿怎么飞了

# 一声响·俳句六首

题记：纪念松尾芭蕉对俳句的贡献。写诗和他的经典俳句"寂寞古池塘，青蛙跳进水中央，扑通一声响"。

垂柳柔而长，
情人相依对唇香，
一啄一声响

明月照前堂，
夜归老僧把门推，
嘎吱一声响

夏日青云淌，
东边骄阳西边雨，
霹雳一声响

小儿捉迷藏，
凝声屏气好紧张，
扑哧一声响

秋晚惹人伤，
念姑思郎泪汪汪，
一泣一声响

小生面壁墙，
晚来混沌往前躺，
崩楞一声响

2015.8.15

2015.8.17

嘞　电与天打灯后移身
力锋氏　无锥糗即长

謝甲

# 垂钓·俳句八首

题记：把我写的和译的八个俳句编成这一首诗。也在探索俳句的格式，所以就用了十六字令，比日人十七字少一字。

晨，吹来了一个纸袋
还是个，酒瓶的形状

车，撞在路边的树上
被围上，黄色的封条

伞，零落在车的旁边
还盛着，昨夜的雨水

木，漂回到湖边树下
前一天，曾被扔很远

鹰，猎过泛黑的湖面
勾画出，一长条弧线

石，在玛瑙色的水底
箭一样，有鲦鱼在游

风，在林中弱得可怜
探探头，山那边吹去

静，两条钓线在水中
父与子，一声也不发

2015.9.25

# 七夕

湖，夕阳遍染橘红色
细雨敲，遍野樱花落

船，柔橹拍卷水如花
桨声慢，荡漾我回家

家，黑木成椽也成檐
一炷烟，馨暖迎归燕

燕，声声啼叫盼汝归
旧时音，绕梁穿堂飞

暮，霞光万里彩云阔
归来时，汝倩影婆娑

颤，窗外秋千双心联
繁星满，情凝梦荫天

2015.8.20

# 寓言与爱·俳句六首

题记：探讨没有季语的俳句写法，并借东方诗体，述东西方文化。


宝石晶莹亮
幸得鬼手神功匠
镶在皇冠上


雨落闻土香
竹曳花摇草纤长
全都在歌唱


风咽声声悲
愁云暗掩纤夫泪
探友莫言归


羌笛悠渐长
曲终爱人已过江
一橹一宫商

斯爱楚天阔

人微舟轻天河落

爱人舟中坐


天与我谈心

天若苍穹我若星

一颗小小星


2015.8.15

一啄一声响

# 俳句或十六字令·高尔夫四首

杆，肩落臂起球飞转，
利如鞭，日月或痉挛！

杆，君测凡物我度山，
尺如意，量数里草原。

杆，果岭肃静气息敛，
人如摆，球落洞开颜。

杆，草青水碧映天蓝，
鸟惊起，球舞红叶边。

2014.9.15

# 会议

视频会议，一边提问
另一边，传来击键声

2015.9.1

# 秋

秋，窗外落叶萧萧下
明镜里，多几丝白发

鹅卵石，盼海水漫来
再盼，海水渐渐退去

2015.9.2

# 中秋的俳句（一）

肥皂泡，飞吻入秋天
一个个，妆一颊红颜

吊床，总两棵树撑起
今秋后，只一棵发绿

秋，窗外明月圆似镜
窗内镜，有根白发新

落叶，捧月光到地上
为的是，月和脚拍掌

月食，儿边等边游戏
盯着天，架起的相机

月食，山露饮月食圆
湿瓷绘，蟾宫桂花泉

2015.9.27

# 中秋的俳句（二）

月，很少与地球独处
昨晚上，幸福得脸红

影，总见投在地球上
昨晚，地球在月亮上

影，石头滚落到哪里
就把石头，锁在哪里

影，地球滚动停不下
月把它，锁了六百下

篮球，鼓鼓的一团气
为的是，被乔丹托起

月球，圆圆的一石器
为的是，被亲人忆起

2015.9.27

## 冬与雪·俳句六首

冬，欲画群鹅满纸白
未提墨，鹅毛飘下来

冬，寒霜浸入木三分
枝断处，清脆胜垂冰

雪，静压群林如铁石
枯枝断，惊出鹿两只

雪，默承阳光静半晌
哗啦响，冰锥落前堂

雪，直落十里寻乡宿
偶遇梅，问化妆何处

寒，严冬萧瑟无甘蓝
煮清酒，就泡菜一盘

2015.12.5

# 春来了·俳句六首

春来了
湖的冰在响
树的影子想冲出来

春来了
乌鸦飞起来
因为树枝要生长

春来了
上午的雪
被下午的雨洗净

春来了
把圆月捧起来
和垂冰一样凉吗？

春来了
换上薄衣
开门迎接一个寒战

春来了

大地的白发消褪了

我的呢？

2016.2.12

# 夏·俳句六首

湖水，羡慕日光浴
想做莲叶上的露水

蜜蜂，和除草的声音
胜过了，伐木工的锯

麦田，金黄的啤酒
献给清醒的醉人

金银花，蜜蜂的吊灯
我的厨房显得凄凉

忍冬，我上次品尝时
用的是姥姥的青碗

温柔，是夏天的棉花
炎热让我喜欢木板

2016.3.15

## 悦·俳句六首

我饮了茶，泉浸透了顽石

咏叹，是在维加斯，还是早晨的树林里？

晚秋，藏在柿干里，等着过冬

寂静的雪压断枯枝，惊出鹿两只

冬日，一束冰锥落前堂，哗啦一声响

窗前一纸白，欲画群鹅着墨难，鹅毛飘下来

2016.3.20

# 森林·俳句六首

石化蘑菇上面刻着
"远上寒山石径斜"

老树，风中嘎吱响
我的关节没风也响

阳光，被松树林切成
一个梳子

桦树林黑白相间
斑马在休息

葱绿沼泽地里
苔藓染遍了小船

初秋，满山的柏树里
只有一棵红枫树

2016.3.25

# 江河·俳句六首

河，见了湖
就像儿童见了我

春水载着黑色小船
一个女孩撑着红伞

金沙江绕开了石山
留下沙滩和绿洲

夕阳，把滚动的咖啡
装扮成了岩浆

雷雨过后，白帆比白云
先出来了

负重的驳船栏杆上
一只蜗牛在往上爬

2016.4.1

## 沙漠·俳句六首

水和土，分开了
就是沙漠和咸海

胯下的骆驼在变瘦
看到一条风化的船

一觉醒来，风的脚印
抹掉了我的

烛火烧尽的时候
圆月比灯还亮

被风削薄的山岩下
多了一层蛇蜕

日落了，砾石里仙人掌
合上了紫色的花

2016.3.16

# 湖泊·俳句六首

冬日，湖冻得安静
欢快的水，来到井底

潜到湖岸换气时
一对郁金香盯着我

清晨在湖边沉思
一个男孩跳进湖里

受枫树感染
我把木椅漆成红色

冬天的湖里
封着我年轻的影子

我深陷在木椅里
湖面上孔明灯冉冉升起

2016.3.20

# 海·俳句六首

沙滩，日夜被海漂洗
历史，又有谁来陶冶？

水，是更仁慈的空气
跳吧，它已垫起悬崖

我，躺在沙滩上下沉
半晌后，海送我回来

海草，推搡缠绕的水
幽梦，撩动满身的夜

海葵，编织一碗故事
灯塔，给碗里撒了盐

鲸鱼尾，关掉了瀑布
我，把心放回了胸腔

2016.3.22

## 花·俳句六首

天堂鸟停留久了
会永远粘在灌木上

春天的夕阳
染黄了马蹄莲的吸管

春天里的葡萄
是风信子吗

想知道多元化吗
看看春天里的郁金香吧

春天的豌豆来得急
自己长好了蝴蝶

为了迎春
玉兰把自己的旗袍
多开了几瓣

2016.3.27

# 趣味·俳句二首

鱼儿怎么飞了　海叹了口气　空气湿了

2016.3.10

儿子的背影在她眼里　她的在我眼里

2016.3.21

# 附录一　一啄一声响

达哥：

我给大家出个题：三句，第一句五个字，第二句七个字，第三句五个字。一三押韵。最后用"一声响"。比如松尾芭蕉：

　　　　寂寞古池塘
　　　　青蛙跳进水中央
　　　　扑通一声响

　　达哥：
　　　　明月照前堂
　　　　夜归老僧把门推
　　　　嘎吱一声响

　　达哥：
　　　　夏日雨云淌
　　　　东边骄阳西边雨
　　　　霹雳一声响

　　杨飚：
　　　　闲坐吟月光

流星雨万里相望

塘沽一声响

王国伟：

小憩东书房

梦里青衣颜如玉

手机一声响

金意：

秋草见枯黄

雁子依依回首望

扑棱一声响

达哥：

垂柳柔而长

情侣相依嘴对颊

一啄一声响

白白：

拔地起火光

人间炼狱万民殇

心碎一声响

王国伟：

相拥醉月光

冰肌玉骨自清凉

更夫一声响


达哥：
小儿捉迷藏
凝声屏气好紧张
扑哧一声响


达哥：
相拥醉月光
冰肌玉骨自清凉
一啄一声响


金意：
风柔朝露清
天凉云高好时节
群主一声响


王国伟：
夏日柳丝长
阅尽繁华最心伤
梵音一声响


白白：
顾盼小红娘
女墙曲转近西厢
木鱼一声响

达哥：

晚秋惹人伤

念姑思郎泪汪汪

一泣一声响


剑峰：

多少情恨伤

孤寂人生两相忘

风过一声响


金意：

秋叶落无声

忽闻悲歌起燕园

泪滴一声响


王国伟：

思念最成伤

满怀柔情寄月光

鹧鸪一声响


达哥：

布什在演讲

凌空飞来鞋带帮

吧嗒一声响

剑峰：

媲美社海棠

才子佳人俳句忙

华美一声响


达哥：

侠女在险峰

舞剑归鞘划圆周

玄音一声响


王国伟：

顾盼小红娘

执簧招手且由房

关门一声响


金意：

谆谆诲拙生

淘气懒学难成才

教鞭一声响


达哥：

小生面壁墙

晚来混沌往前躺

崩楞一声响


马小隐：

倩女游春忙

桃花扯住石榴裙

裂帛一声响


东东：

坐看柳丝扬

莺草营营度日光

何来一声响


马小隐：

夏日小荷塘

亭亭一枝芙蓉花

蛙动一声响


马小隐：

清辉照衣裳

千里婵娟共遥望

心碎一声响


马小隐：

香雪扑面庞

踏雪寻梅惊飞鸟

扑簌一声响


王国伟：

玉女立湖畔

桥上急杀痴情汉
扑通一声响

金意：
群友发照片
夫妻恩爱二十载
羡慕一阵响

王迎：
貂蝉立街旁
君子扭头餐秀色
咣当一声响

子明：
周末日头长
众贤接力俳句忙
只为一声响？

2015.8.14

# 附录二  俳句术语

俳句（英文：haiku，日文：はいく）

发句（英文：hokku，日文：ほっく）

俳谐（英文：haikai，日文：はいかい）

连歌（英文：renga，日文：れんが）

和歌（英文：waka，日文：わか）

片歌（英文：katauta，日文：かたうた）

长歌（英文：choka，日文：ちょうか）

短歌（英文：tanka，日文：たんか）

旋头歌（英文：sedoka，日文：せどか）

**图书在版编目（CIP）数据**

一啄一声响：达哥的诗和俳句说 / 汪浩 著. -- 北京：作家
出版社，2016. 6

ISBN 978-7-5063-8988-4

Ⅰ.①一… Ⅱ.①汪… Ⅲ.①诗集－中国－当代 ②俳句－
诗歌创作－诗歌研究－中国 Ⅳ.①I227 ②I207.22

中国版本图书馆CIP数据核字（2016）第145181号

一啄一声响——达哥的诗和俳句说

作　　者：汪　浩
责任编辑：冯京丽
装帧设计：回归线视觉传达
出版发行：作家出版社
社　　址：北京农展馆南里10号　　邮　　编：100125
电话传真：86-10-65930756（出版发行部）
　　　　　86-10-65004079（总编室）
　　　　　86-10-65015116（邮购部）
E-mail:zuojia@zuojia.net.cn
http://www.haozuojia.com（作家在线）
印　　刷：中煤（北京）印务有限公司
成品尺寸：148×210
字　　数：120千
印　　张：7
版　　次：2016年6月第1版
印　　次：2016年6月第1次印刷
ISBN　978-7-5063-8988-4
定　　价：30.00元

作家版图书，版权所有，侵权必究。
作家版图书，印装错误可随时退换。